楽しみ味わう

漢詩の世界50篇

波戸岡 旭
Hatooka Akira

花鳥社

本書を読むまえに

漢詩というのは、いっぱんに中国の古典の詩のことです。

日本人は、古くから漢詩・漢文を古典のひとつとして学び、教養としてきました。

今の時代は、インターネットの発展にともなって、多様な価値観に即した十人十色の「教養」があふれています。芸術においても文学においても、私たちは常に新しい情報を求めているのです。もちろん、私たちはそうした世界の動きに敏感でなくてはならないと思います。けれども、それと同時に、こうした変化に富む時代だからこそ、もう一方で、永遠の価値をもつ古典の教養をたいせつにしたいと思うのです。

そこで、その古典の教養のひとつである漢詩を楽しく味わおうというのが、本書の目的なのです。

本書は、詩のかたちが、短くて読みやすく、愛誦しやすい絶句（四句形式）50篇を選びました。絶句は、唐代以降も作られていますが、本書は、唐代の絶句に限定しました。それは中国の文学の歴史の中で、唐代は、詩が最も盛んで、すぐれた詩がたくさん生まれた時代だったからなのです。

詩というものは、ひと言で言うならば、「感動」です。その「感動」を漢字で表わしたものが漢詩なのです。

漢字は、一見、かたくるしく感じますが、その漢字と漢字の組み合わせによって浮かんでくる味わいは、透明でさわやかで、まるでこんこんと湧《わ》く泉のように、汲めば汲むほどさまざまなイメージが湧いてくるものなのです。

漢詩を読むおもしろさは、作者が表現した文字の組み合わせから見えてくる情景を想像するところにあり、さらには、文字と文字との間、ことばとことばとの間にひそんでいる作者の思いや情感を汲みとるところにあります。

漢詩は、「訓読《くんどく》」というルールにしたがって読むと、日本語の詩となります。

訓読というのは、漢字のみで書かれた原文（白文《はくぶん》という）に、送りがなを補ったり、返り点や句読点を付けたりして、日本語の文章として読めるようにすることをいいます。とくに漢詩の場合は、日本語の文法に基づきながらも、日本語としての調べをたいせつにして、いっそう詩情が湧くように工夫して読み解くことになります。ですから、訓読した漢詩というのは、ただの日本語の文章ではなく、そのまま日本語の詩となっているのです。

訓読は古文の文法にしたがっていますから、俳句や短歌と共通するところが少なくありません。漢詩が、目で見ても、声に出してみても、なんとなくなつかしい感じがするのはそのためなのでしょう。

ですから漢詩は、ぜひとも声に出して読んでみるとよいのです。

楽しみ味わう漢詩の世界50篇

目次

五言絶句《ごごんぜっく》

七言絶句《しちごんぜっく》

目　次

目次

【付録】

楽しみ味わう漢詩の世界50篇

はじめに

では、これから漢詩の読み方、味わい方についてお話してゆきましょう。ですがその前にちょっと、詩のおもしろさを、味見してみましょう。

中国の詩人の代表といえば、まず杜甫《とほ》（七一二―七七〇）ですね。そして、その杜甫の詩といえば、

江《こう》　碧《みどり》にして　鳥《とり》　逾《いよ》いよ白《しろ》く
山《やま》　青《あお》くして　花《はな》　然《も》えんと欲《ほっ》す

ます。

の詩句《しいく》が特に有名です。これは春のまっ盛りの自然（山水）を詠んでい

春の川は水かさもましてあおみどりに澄んでいるので、鷗《かもめ》などの水鳥の白さが際立ちます。そして、山々は緑濃くなり山中の花々は燃え立つように赤いというのです。春の山水の色彩美をみごとに詠み上げています。

ところで、この二つの詩句だけでも充分味わいがありますが、じつはこれは、「絶句　二首」と題する詩の第二首目のうちの二句なのです。

そこで、杜甫の「絶句　二首」の詩全部を読んでみましょう。

まず第一首目から見てみます。ついでに、五言《ごごん》詩の読み取り方もあわせて説明しながら読んでゆきます。

まず、下段の書《か》き下《くだ》しの文を声に出して読んでみてください。

絶句　二首　　杜甫

（その一）

遅日江山麗
春風花草香
泥融飛㆓燕子㆒
沙暖睡㆓鴛鴦㆒

遅日《ちじつ》　江山《こうざん》　麗《うる》はしく
春風《しゅんぷう》　花草《かそう》　香《かんば》し
泥《どろ》　融《と》けて　燕子《えんし》　飛《と》び
沙《すな》　暖《あたた》かにして　鴛鴦《えんおう》　睡《ねむ》る

【口語訳】

春うららかな日、江《かわ》も山もみごとに整っていて美しく、

春風が吹いて、花の香りも草の香りもただよってくる。野山の土はぬかるんで、燕は巣作りに（その泥を咥《くわ》えて）飛び交い、

河原の砂地は暖かくて、鴛鴦《おしどり》がむつまじく居眠りしている。

このような五言詩の字句の構成は、二言＋三言が基本原則です。ですから、「**遅日江山麗**」は、「**遅日《ちじつ》　江山《こうざん》　麗《うる》はしく**」、「**春風花草香**」は、「**春風《しゅんぷう》　花草《かそう》　香《かんば》し**」と読みます。

「遅日」は、日が伸びて日暮れが遅いという意味で、のどかな春の日のことです。

「江山」は、山水と同じ意味です。長江《ちょうこう》及び長江の支流の川は「江」という漢字で表わします。この詩は、成都《せいと》（四川省）での作で、長江の支流の岷江《びんこう》から分流した錦江《きんこう》という川なのです（ちなみに、黄河及び黄

河の支流の川は、「河」の漢字を用います）。
「麗」は、ものごとが整ってうつくしいという意味です。

ここまでは、春の自然（山水）の美しさを、じつにくっきりと印象鮮明に詠んでいます。うららかな春の日のなか、山も川も春たけなわの美しさです。そこに春のそよ風が吹いて、花々の香りや草の香りがふんぷんとただよっている、というのです。つまり、この二句は、春の自然を、視覚、聴覚、嗅覚、触覚と、味覚以外のすべての感覚を用いた表現となっています。

次の二句、**「泥融飛燕子」**は、**「泥 融《と》けて 燕子《えんし》 飛び」**と読み、**「沙暖睡鴛鴦」**は、**「沙《すな》 暖《あたた》かにして 鴛鴦《えんおう》 睡《ねむ》る」**と読みます。
「泥融けて」は、冬に凍っていた土が春になってとけてできた泥のことで、燕《つばめ》はその泥を運んで巣をつくるのです。

「燕子」は、つばめのこと。「つばめの子」ではありません。ここの「子」は、かわいらしいものや小さなものに付ける語です。「沙」は、川原《かわら》の砂地、または中洲《なかす》の意味です。

「鴛鴦」はおしどり。「鴛」がオス、「鴦」がメスです。

この二句では、野山を巣づくりにせわしなく飛び交うつばめと、ほかほか暖かい川辺の砂地にむつまじく眠るかのようにうずくまるおしどりというふうに、春の日の陸の鳥たちと水辺の鳥たちとの生態を、動と静とで対照的に描きだしているのです。

絶句の場合は、対句《ついく》*の技法はなくてもいいのですが、この詩の場合は、第一句と第二句が対句、第三句と第四句も対句になっています。結局、全句が対句なので、これを全対格《ぜんついかく》（または、ぜんたいかく）といいます。

春の山水（自然）をいきいきと、あますところなく美しく描きだしています。

＊対句

二つの句が、文法的にも意味の上でも対称的に対応して構成されているものを「対句」と言います。

この詩は、一句が五言で四句仕立ての形式なので、これを五言絶句と言います。

絶句の構成は、「起《き》・承《しょう》・転《てん》・結《けつ》」になっています。

第一句……起句《きく》。
第二句……承句《しょうく》。
第三句……転句《てんく》。
第四句……結句《けっく》。

「起承転結」は、その名のとおり、起句で話題を起こし、承句でその内容を承《う》け、転句で発想を転換させて、結句で詩の全体を結ぶ、となります。

この原則さえ知っていれば、ほとんどの五言詩は訓読できます。

さて、次は、「絶句」の「その二」です。

（その二）

江碧鳥逾白
山青花欲レ然
今春看又過
何日是帰年

江《こう》碧《みどり》にして　鳥《とり》逾《いよ》いよ白《しろ》く
山《やま》青《あお》くして　花《はな》然《も》えんと欲《ほっ》す
今春《こんしゅん》　看《み》すみす又《また》過《す》ぐ
何《いず》れの日《ひ》か　是《こ》れ　帰年《きねん》ならん

【口語訳】
江《かわ》は碧《あお》く澄んでいて、白い水鳥たちはますます白く映《は》え、
山は緑濃く茂っていて、山中の花々は燃えるように赤い。
だが、今年の春もみるみるうちに、またもや過ぎようとしてい
る。
いったい、いつになったら、都（故郷）に帰れるのだろうか。

連作のこの「その二」は、当然、「その一」の内容を受けて展開されています。すなわち、この詩の第一句と第二句とは、「絶句　その一」の「**遅日　江山麗はしく**」の「江」と「山」との美しいさまをそれぞれ更にくわしく描いて、

江《こう》　碧《みどり》にして　鳥《とり》　逾《いよ》いよ白《しろ》く
山《やま》　青《あお》くして　花《はな》　然《も》えんと欲《ほっ》す

と詠んでいるのです。

「江碧にして」の「江」は、先ほども言いましたように、中国の南の長江およびその流域の支流の川を言います（ちなみに、「河」は、北の黄河およびその支流を言います）。「碧」は、濃いあおみどり色ですが、春の青空に映えて青々と澄んで豊かに流れる川の水色をいいます。「山青くして」の「青」は、草木の成熟した緑色です。つまり、草木が生い茂る春の山のことです。「花然えんと欲す」とは、花が燃えているかのように赤いという意味で、やや誇張した表現。「然」は「燃」と同じく、もえるという意味。「欲す」は、……しようとしている、と訳します。現在進行形のはたらきをもちます（六朝の梁元帝《りょうのげんてい》に「林間花欲レ燃（林間花《りんかんはな》燃《も》えんと欲《ほ》す）」、また鮑照《ほうしょう》に「山桜紅欲レ燃（山桜《さんおう》紅《くれない》燃えんと欲す）」という類似の詩句があります）。

江が青々と澄んでいるので、白い水鳥たちはますます白く映え、そして、山は緑濃く茂っているので、山中の花はいっそう燃えるように赤い、という意味です。これは、春真っ盛りの山河のうつくしさを色彩豊かに描いた印象的な表現です。「碧と白」、そして「青と赤」という色彩の対比が際立《きわだ》っています。

ところが、次の三句目（転句）四句目（結句）では、

今春《こんしゅん》　看《みす》みす又《また》過《す》ぐ
何《いず》れの日《ひ》か　是《こ》れ帰年《きねん》ならん

今年の春もみるみるうちにまた過ぎようとしている、と言い、わたしはいつになったら、都に帰れるのであろうか、とあります。「看《みす》みす」は、みるみるうちにの意です。

前の二句では、春の真っ盛りを歌いながら、三句目では、その春はみるみるうちに過ぎようとしている、と言うのです。「ああ、春という季節は短かいんだなあ」とさらりと読み流しても、この詩はじゅうぶんし

みじみと春を惜しみ、旅先の身の上を愁《うれ》える情が身にしみてくるものがあります。ですが、もう一度、三句目に注目してみてください。春はみるみるうちに過ぎようとしている、去年の春と同じように過ぎ去ろうとしている、と言うのです。ところが、その前の二句は真っ盛りの春景色を詠んでいるではありませんか。さらに言えば、第一首目の詩全体も、春の真っ盛りの情景を詠んでいるのでした。話題を転換させる転句とは言いながら、ちょっと転じ方が極端な気がいたしませんか。ここで春の過ぎ行くことを慨嘆《がいたん》するのなら、その前のところで、たとえば花が散るとか、なにか春のなごりの描写があるべきだと思うのですが、作者の杜甫は、それをしていないのです。

実は、ここがこの詩の鑑賞の大事なポイントだと思うのです。この詩のすごいところ、杜甫という詩人のすばらしさは、ここにもあるのです。すなわち、第一首目全部と第二首の前半二句のところまで、春の真っ盛りの情景を鮮明に描写しておきながら、詩人自身は、「今春《こんしゅん》　看《みす》みす又《また》過《す》ぐ」と、なんとすでにその眼前の真っ盛りの春景色の、そのすこし先の時空を見据《す》えているのです。目に見えているその景色の先に、過ぎゆこうとする春の景色を思い重ねて詠んでいるのです。それが詩人の眼《がん》力《りき》だと思うのです。杜甫に限らず優れた詩人は、眼前の景色のそのすこし先の時空を見通す力をもって表現するのです。この詩が奥行きの深い作品となっているゆえんの一つです。

そして、結句の、

何《いず》れの日《ひ》か　是《こ》れ　帰年《きねん》ならん

というのは、「わたしは、いつになったら帰れるのであろうか」という意味ですが、それは単なる疑問ではなく、「今年もまた帰れないだろうなあ」という絶望的な思いのこめられたものです。杜甫は、どこに帰りたいのか。それは言うまでもなく故郷、もしくは都の長安ですが、生活の上で、帰りたくても帰れない諸々の経済的・社会的事情がありました。志を果たせぬまま、帰郷の見込みもたたず、異国に空しく春を過ごすのは、耐えがたくつらいことです（「是」は、「これ」と読み、「……である」の意味です）。

この杜甫の「絶句　二首」の詩は、一首目全体と二首目の起句・承句において端麗《たんれい》な春の山水《さんすい》を印象鮮明に描いたのち、二首目の結句において、春愁《しゅうしゅう》の情を集約しているのでした。

ちなみに、この詩は、広徳二年（七六四）、杜甫五十三歳の時、成都《せいと》の浣花草堂《かんかそうどう》（四川省成都の西。杜甫が浣花渓《けい》に建てて数年住んだ家）での作です。

ところで、詩の読み取り方で、とくに気をつけていただきたいのは、詩の題名、すなわち「詩題」についてです。漢詩の詩題というのは、原則として、詩の全体の内容を要約したものです。その点、和歌の「詞《ことば》書《がき》」や、俳諧の「前書き」とはまったく異なります。「詞書」や「前書き」は、その作品が詠まれた時や場所、またいきさつなどの説明が主ですが、漢詩の「詩題」は、基本的に詩の主題を要約しているもので、それらとは全く性格の異なるものなのです。逆に言いますと、詩の作者は、詩題に述べた主旨を、詩全体にわたって、くわしく細かに印象的に展開しなくてはいけないのです。

なお、とくに詩の主旨を題としないときは、「無題《むだい》」としたり、たまできたという意味で、「偶成《ぐうせい》」と題したり、その詩の形式の名である「絶句」とか「律詩」と題しています。また、壁に掲げた詩という意味で、「題壁《だいへき》（壁《へき》に題す。壁に詩文を書きしるすこと）」とすることもあります。先の杜甫の「絶句」という詩題も、とくに主題を示さない作品なのです。

つぎに、漢詩の意味の取り方についての原則をお話しします。
漢詩は、一句ずつ読んでゆきますが、読み取り方としては、一句ずつ意味を取ってゆくのではなく、二句ずつを一つのまとまりとして読み解くことが、原則です。二句ずつ読み解いて行くと、作者の言いたいことがより鮮明に分かるようになっているのです。そして、二句ずつ理解しながら、さらに、その二句とその次の二句との四句が、おおきな意味のまとまりになっているのです。

これを、すなわち、

二句一章《にくいっしょう》
四句一文《しくいちぶん》

と覚えておくとよいでしょう。つまり、先ほどの杜甫の絶句の解釈のように、読み取ってゆくのが、基本原則なのです。ただし、むろん、例外はあります。古体詩や律詩・俳律（二〇三頁）など句数が多い時は、必ずしも四句一文とはならず、六句とか八句でひとまとまりになる場合もあります。しかし、まずは、二句一章・四句一文を原則として、読み取ってゆきましょう。

漢詩はもともと中国語による表現形式によるものです。もっとくわしく言えば、中国の文言（書きことば）で表わされた詩です。

そして、詩なのですから、散文以上に、省略や誇張・象徴などをはじめ様々な表現の工夫が施されてもいます。さらには、中国語特有の漢字の使い方や言い回しもあって、分かりにくい面もありますが、それがまた漢詩ならではの面白さとなる場合が少なくありません。読み取り方としては、詩句の意味を理解することと、同時に想像力をはたらかせながら、面白がって読む姿勢が大事なのです。

五言絶句

五言絶句は、一句が五言で四句構成の詩型を言います。ですから全部で、二十語となります。四句構成は、先に述べたように、起承転結《きしょうてんけつ》ですが、一句は、原則として二言＋三言の組み合わせです。

五言絶句は、語数が少なくて読みやすいのですが、詩の味わいは、深く余韻嫋々《よいんじょうじょう》（読み終わったあとも残る風情《ふぜい》や味わいが長くひびいて消えないこと）としています。

句意は、基本的に、二句一章で読み解きます。では、以下に珠玉《しゅぎょく》のようなすぐれた作品をいっしょに読みながら、味わってゆきましょう。

まずは、王之渙《おうしかん》（六八八―七四二）のスケールの大きな作品から。

登㆓鸛鵲楼㆒

白日依㆑山尽
黄河入㆑海流
欲㆑窮㆓千里目㆒
更上一層楼

鸛鵲楼《かんじゃくろう》に登《のぼ》る　王之渙《おうしかん》

白日《はくじつ》　山《やま》に依《よ》りて尽《つ》き
黄河《こうが》　海《うみ》に入《い》りて流《なが》る
千里《せんり》の目《め》を窮《きわ》めんと欲《ほっ》して
更《さら》に上《のぼ》る　一層《いっそう》の楼《ろう》

【口語訳】
燦々《さんさん》と照る太陽ははるか遠い山に消えるまで輝き続き、

滔々《とうとう》と流れる黄河は、はるかかなたの海にまで流れてゆく。
私は、広大なこの景色をさらに遠くまで眺めたくなって、
もう一階上の、楼閣《ろうかく》の最上階である三階にのぼる。

「鸛鵲楼」は、山西省永済《えいさい》県の西南の、黄河《こうが》を臨《のぞ》むところにあった三層の楼閣です。「鸛鵲」はコウノトリ。むかし、この楼の上にコウノトリが巣をかけたので、鸛鵲楼と名づけられました。山ははるかかなたに中条《ちゅうじょう》山脈がかすかに見えますが、むろん、海は見えない大陸の内部です。

この詩は、やさしい文字ばかりですが、起句と承句、転句と結句とが、それぞれ対句になっています。律詩《りっし》と違って絶句の場合は、対句の必要はないのですが、この詩は、見事な対句仕立てになっています。広大な天地を簡潔にしかも立体的に描述《びょうじゅつ》しています。

白日依レ山尽　白日《はくじつ》山《やま》に依《よ》りて尽《つ》き
黄河入レ海流　黄河《こうが》海《うみ》に入《い》りて流《なが》る

「白日」は、真昼の輝く太陽。「白」は光のことです。ちなみに「白水」といえば、清流の水面を日の光がきらきらかがやいている川のことです。ただし、ここは「黄河」の二字熟語に合わせて、「日」を「白日」の二字熟語にしたもので、ただ「太陽」という意味です。

この「白日　山に依りて尽き」というのは、いま真上にある太陽は時間とともに西に移動してやがて（ここからは見えないが）、かなたの西方の山に依り添うまで傾いて沈むのだ、という意味です。したがっていまはまだ日中なのです。夕方ではありません。

つぎの「黄河　海に入りて流る」は、黄河は楼閣のすぐ近くを流れているのですが、「海に入りて流る」という表現は、ちょっと変ですね。「海に流れ入る」か、「流れて海に入る」なら分かりますが、「海に入りて流る」とあります。実は、これは強調法のひとつで、漢詩独特の表現なのです。もっとも漢詩に限らず、たとえば、懸命に努力し続けるという場合、「死ぬまで頑張る」という意味を「死して後《のち》已《や》む」と表現したりします。ですから、この句は、いま眼下に流れている黄河は、流れ流れてはるかかなたの海にまで入りこむ激しさで流れている、と言っているのです。「海に入りて流る」は、漢詩ならではの強調した表現なのです。

欲レ窮二千里目一　千里《せんり》の目《め》を窮《きわ》めんと欲《ほっ》して

更上一層楼　更《さら》に上《のぼ》る　一層《いっそう》の楼《ろう》

「千里の目を窮めんと欲して」は、私は広大なこの景色をさらに遠くまで眺めたくて、という意味。「千里」は、ここは遠方の意味ですが、この「千里の目を窮める」というのも卓抜した表現です。この句は、転句ですから、起句・承句の描写的な句意から転じて、もっと遠くを眺めたいという思いを率直に述べているのです。そして結句では、「もう一つ、楼閣の上の階に登る」となります。「更に」とは、「その上に」「それに付け加えて」という意味ですから、作者は、三層構造の楼閣の二階にいてこの詩を詠んでいるのです。唐代頃の楼というのは、だいたい三階建てです。

「更に上る　一層の楼（もう一層上に登る）」というところでこの詩は結ばれるのですが、読者は、前半二句の天地の描写を手がかりに、さらに三階に上って、開けた天地を味わう気持ちが余韻となるのです。

ところで、ここでもう一度、前の起句と承句とを見てください。「白日」と「黄河」、「山」と「海」の語があって、楼閣からの天地を描いているのでしたが、それは、単に目前の景色を描写しているだけではなく、さらにここからは目に見えない西の果ての山、また南の果ての海までも見窮めようとしているのです。つまり、果てしない天地の東西南北の無限ともいうべき時空（時間と空間）を詠みあげているのです。作者は二階から眺めている時に、すでに千里のかなたを眺めようとしているのです。そのことを、転句でストレートに述べ、そして更に三階に登ってからの広大な眺望は、あえて描述しないで、読者の想像力にまかせることによって、余韻を残しているのです。

この詩は、起承転結の構成であることはもちろんですが、前二句と後二句は、それぞれ対句となっていて、これを「全対格《ぜんついかく》」と言います。

次に、張九齢《ちょうきゅうれい》（六七三―七四〇）という人の「**鏡に照らして白髪を見る**」という詩を掲げます。人生をふり返っての哀しみの情を鮮明に詠んでいます。

照レ鏡見二白髪一

鏡《かがみ》に照《て》らして白髪《はくはつ》を見《み》る

張《ちょう》 九齢《きゅうれい》

宿昔青雲志
蹉跎白髪年
誰知明鏡裏
形影自相憐

宿昔《しゅくせき》　青雲《せいうん》の志《こころざし》
蹉跎《さだ》たり　白髪《はくはつ》の年《とし》
誰《たれ》か知《し》らん　明鏡《めいきょう》の裏《うち》
形影《けいえい》　自《みずか》ら相憐《あいあわれ》まんとは

【口語訳】

かつて若い頃は青雲の志を抱き、大いに世の役に立とうと思っ

ていたのだったが、
人生のどこかでつまずいて、出遅れてしまい、白髪の歳になってしまった。
いったい誰が予想したであろうか、この鏡の中に、
愁《うれ》いに満ちた己《おのれ》が顔を憐《あわ》れみ見つめることになろうとは。

起句と承句との二句で、対句的に自身の一生分の時間を詠みこんで、総括しているところが、この詩のポイントです。

宿昔青雲志　宿昔《しゅくせき》　青雲《せいうん》の志《こころざし》
蹉跎白髪年　蹉跎《さだ》たり　白髪《はくはつ》の年《とし》

つまり、「青雲」と「白髪」とで少壮期と老耄期《ろうもうき》とを象徴し、これまでの人生をこの二句で詠みとめているのです。そして、鏡を用いた機智的な表現のなかに、老《おい》を歎《なげ》く情を述べているのです。「宿昔」は、かつ

て、むかしという意味です。「青雲の志」は、純で大きな志。「青雲」は、青空、澄みきった大空の意味。「蹉跎《さだ》」は、つまずく。人生の途中で躓《つまず》き、遅れを取るという意味です。

誰知明鏡裏　誰《たれ》か知《し》らん　明鏡《めいきょう》の裏《うち》
形影自相憐　形影《けいえい》　自《みずか》ら相憐《あいあわれ》まんとは

「誰知」は、誰が知っているであろうか、いや誰も知らない、という反語*です。「明鏡」は、単に「鏡」のことで、鏡を二語の熟語にするために「明」の字を加えているのです。「裏」は、「うち」と読み、ここは鏡の中の意味です。「形影」は、鏡を見る自分（形）と鏡の中に映った自分（影）を指します。

＊反語　表現を強めるために、言いたいことと反対の意味のように言う方法。多く疑問の形を用いる。

作者の張九齢は、すぐれた詩人であるとともに宰相《さいしょう》という最高の地位までのぼった官僚でしたが、晩年になって、李林甫《りりんぽ》という悪臣の罠《わな》にかかり、辞職させられ辺地に流されました。この詩は、自分自身を詠んだものですが、また、世間の不遇な人々に寄せる慰撫《いぶ》（なぐさめ）の詩でもあります。

次の詩は、ウイット（機知）に富んだ張説《ちょうえつ》（六六七―七三〇）の作品です。

蜀道後レ期

客心争二日月一

来往預期レ程

蜀道《しょくどう》　期《き》に後《おく》る　　張説《ちょうえつ》

客心《かくしん》　日月《じつげつ》と争《あらそ》ひ

来往《らいおう》　預《あらかじ》め程《てい》を期《き》す

秋風不㆓相待㆒　**秋風《しゅうふう》　相待《あいま》たず**
先至洛陽城　**先《ま》づ至《いた》る　洛陽城《らくようじょう》**

【口語訳】

旅の気持ちは、一時《いっとき》も早く帰りたくて、日や月と争うくらい気持が急《せ》くものであり、往復にかかる日程をあらかじめ定めていたのであった。それなのに、秋風は私を待ってはくれないで、ひとあし先に、洛陽に到着していたのであった。

客心争㆓日月㆒　**客心《かくしん》　日月《じつげつ》と争《あらそ》ひ**
来往預期㆑程　**来往《らいおう》　預《あらかじ》め程《てい》を期《き》す**

「客心」は、旅情。旅する心。「日月と争ひ」は、日月の過ぎるのを惜しんで昼夜となく旅路を急ぐ意です。詩題にある「蜀道」というのは、蜀（四川省）に通じる険難な道なのです（ですから余裕をもたせて旅程を計画したはずなのですが）。「来往」は、往来。往復の道のりです。「預め」は、前もって。「程を期す」は、日程を決めるという意味です。

秋風不㆓相待㆒　**秋風《しゅうふう》　相待《あいま》たず**

先至洛陽城　**先《ま》づ至《いた》る　洛陽城《らくようじょう》**

「相待たず」の「相」は他動詞に用いる助字《じょじ》*で、「お互いに」という意味はありません。ここでは、「秋風が私を待ってくれない」となり、「私が洛陽に着く前に、先に秋風が着いていた」となるのです。「城」は、町の意味です。

＊助字

「助字・助辞」。漢詩文で、主として名詞・動詞・形容詞などの実質的な意味を表わす語を「実字」というのに対して、実字を助けて、ある種の意味合いをそえる働きをする語。「虚字」・「虚辞」ともいう。

役人は定められた日程で公務を果たさなくてはいけないのに、遅れてしまいました。当然、罰せられるところですが、この詩は、遅れた言い訳に、「秋風に先回りされたから」と洒落《しゃれ》ているのです。詩人の機智的表現としては、愉快です。ただし、この詩をもって遅刻の罪が赦《ゆる》されたかどうかは分かっていません。

ちなみに、「蜀道」は、洛陽や長安から蜀《しょく》（今の四川省）に通じる道のことで、険しい難所続きの悪路でした。しばしば、多難な人生行路のたとえとしても用いられます。

南楼望

去レ国三巴遠
登レ楼万里春
傷レ心江上客
不ニ是故郷人一

南楼《なんろう》の望《ながめ》　盧《ろ》　僎《せん》（七四〇頃生存）

国《くに》を去《さ》って　三巴《さんぱ》　遠《とお》し
楼《ろう》に登《のぼ》れば　万里《ばんり》の春《はる》
心《こころ》を傷《いた》ましむ　江上《こうじょう》の客《かく》
是《こ》れ故郷《こきょう》の人《ひと》ならず

【口語訳】
長安の都を去って、遠く蜀の三巴の地の旅人となり、
この南楼に登って眺めれば、見渡すかぎり春景色である。
だが、せっかくの春景色も心を悲しませるばかりだ。

なぜなら、この川のほとりを往き来する人々は、みんな見知らぬ他郷の人たちばかりだから。

「南楼望」は、南楼からの眺望。「南楼」は、三巴《さんぱ》（現在の四川省の東部・湖北省に近い所。「三巴」は、後漢の巴《は》・巴東《はとう》・巴西《はせい》の三都に由来します）の地の川のほとりに在った楼閣です。

去レ国三巴遠　国《くに》を去《さ》つて　三巴《さんぱ》遠《とお》し
登レ楼万里春　楼《ろう》に登《のぼ》れば　万里《ばんり》の春《はる》

「去国」の「国」は、長安の都のこと。「三巴遠」は、三巴が都から遠い地であるという意味です。「万里春」は、遠くはるかな先まで春景色であるという意味です。「三巴」と「万里」と対句になっています。長安の都から遠く離れた三巴の地に来たが、この地は、ほんとうに都から遠いなあという感慨です。そこで憂《うれ》いの気持ちをはらそうと楼閣に登ってみると、見わたすかぎりのどかで美しい春景色なのでした。

傷レ心江上客　**心《こころ》を傷《いた》ましむ　江上《こうじょう》の客《かく》**

不二是故郷人一　**是《こ》れ故郷《こきょう》の人《ひと》ならず**

「傷心」は、心を悲しくさせる、という意味で、ここは「江上客」が我が心を悲しくさせるというのです。「江上客」は、川のほとりを往来する人々という意味です。「上」は、ほとりの意味です。「不是」は、強い否定の語です。故郷の人ではないのだ、ということ。つまり、行き交《か》う人は、見知らぬ人ばかり。それゆえ、いっそう旅愁がつのる、というわけです。心を晴らすつもりで楼閣に登ったのに、逆に愁《うれ》いが増したのでした。この憂愁は、旅愁と春愁と懐郷の情とが混じり合った複雑で深いものなのでした。

次の詩は、漢の武帝作の有名な「秋風辞《しゅうふうのじ》」を踏まえて詠まれたものです。

汾上驚レ秋

北風吹二白雲一
万里渡二河汾一
心緒逢二揺落一
秋声不レ可レ聞

汾上《ふんじょう》 秋《あき》に驚《おどろ》く　蘇頲《そてい》

北風《ほくふう》 白雲《はくうん》を吹《ふ》き
万里《ばんり》 河汾《かふん》を渡《わた》る
心緒《しんしょ》 揺落《ようらく》に逢《あ》ひ
秋声《しゅうせい》 聞《き》く可《べ》からず

【口語訳】
寒い北風に白雲が飛ぶように流れる。
万里の遠い旅の空のもと、今、あの有名な「秋風の辞」が詠まれた汾河を渡る。
糸の如く思い乱れる私の心は、この落葉の時に出合って哀しいので、
このうえもの悲しい秋風の音は、聞くに堪えられない。

「汾上」は、汾河《ふんが》（山西省寧武《ねいぶ》県から発する川で、ここは黄河に合流する手前あたり）のほとり。「驚秋」は、秋に気づく。「驚」は、はっとすること。

北風吹二白雲一　北風《ほくふう》　白雲《はくうん》を吹《ふ》き
万里渡二河汾一　万里《ばんり》　河汾《かふん》を渡《わた》る

「北風吹白雲」は、寒い北風が吹いて白雲が飛ぶように流れてゆくという意味です。「河汾」は、汾河のことですが、押韻《おういん》のため語を「河汾」と入れ替えているのです。ここの「万里」も、はるか遠いという意味の常套語で、実際の距離ではありません。今居る地が都から遠く離れてい

るということを強調しているのです。

心緒逢㆓揺落㆒　心緒《しんしょ》揺落《ようらく》に逢《あ》ひ
秋声不㆑可㆑聞　秋声《しゅうせい》聞《き》く可《べ》からず

「心緒」は、心、思いの意味。人の感情は、もつれる糸のように乱れやすいので「心緒」というのです。「揺落」は、ゆらゆら揺れ落ちるのではなく、木の葉などが風を受けてはげしく散ることです。ですから、この転句は、感じやすい私の心が、秋の木の葉がばさばさ散る悲しい季節に出会って、という意味になります。「秋声」は、漢語特有の表現で、秋風の音をはじめとして秋の自然界のさみしい物音をいいます。「不可聞」は、聞くことができない。聞くに堪えない、という意味なのです。木の葉が散るのを見て、悲しくなっている私は、その上さらに、秋の自然界のもの悲しい音までは聞くことができない。悲し過ぎる、というのでした。

　この「汾上驚秋」の詩は、先に述べたように漢の武帝作の有名な「秋《しゅう》風《ふうの》辞《じ》」を踏まえています。それと言うのも、作者蘇頲《そてい》（六七〇—七二七）の今居るところが、昔、漢の武帝（前一五六—前八七）が行幸《ぎょうこう》して「秋風辞」を作った地なので、その当時を追想しながらこの詩を詠んだのでした。

参考

秋風辞

秋風起兮白雲飛
草木黄落兮雁南歸
蘭有レ秀兮菊有レ芳
懐二佳人一兮不レ能レ忘

秋風《しゅうふう》の辞《じ》　漢の武帝

秋風《しゅうふう》起《た》つて　白雲《はくうん》飛《と》び
草木黄落《そうもくこうらく》して　雁《かり》南《みなみ》に帰《かえ》る
蘭《らん》に秀《しゅう》有《あ》り　菊《きく》に芳《ほう》有《あ》り
佳人《かじん》を懐《おも》ひて　忘《わす》るる能《あた》はず

汎二楼船一兮済二汾河一
横二中流一兮揚二素波一
簫鼓鳴兮発二棹歌一
歓楽極兮哀情多
少壮幾時兮奈二老何一

楼船《ろうせん》を泛《う》かべて　汾河《ふんが》を済《わた》り
中流《ちゅうりゅう》に横《よこ》たはりて　素波《そは》を揚《あ》ぐ
簫鼓《しょうこ》鳴《な》つて　棹歌《とうか》を発《はっ》す
歓楽極《かんらくきわ》まりて　哀情多《あいじょうおお》し
少壮幾時《しょうそういくとき》ぞ　老《おい》を奈何《いかに》せん

【口語訳】

秋風が立って白雲が飛ぶように流れ、草木は黄ばみ落ちて雁の群れは北から飛んでくる。香《かぐわ》しい蘭《ふじばかま》や菊の花が咲くと、佳人（川の神女）を恋しく思って忘れることができない。

そこで楼船（二階建ての豪華船）を汾河に泛《うか》べて、川中に船を横にして白波をたてる（そうして、川の神女を招くのである）。船内では弦歌が鳴り響いて舟歌が歌われる。この宴の歓楽が極まるとき、愁いの情がどっと湧き出る。若く血気盛んなときはいつまでも続かないものだ、老いてゆくこの身をどうしようぞ。

ちなみに、この漢の武帝の作品は、『楚辞《そじ》』宋玉《そうぎょく》（前二九〇―前二二三）の「九弁《きゅうべん》」の「**悲しいかな、秋の気たるや。蕭蕭《しょうしょう》として、草木揺落《そうもくようらく》して変衰《へんすい》す**（悲しいものだ、秋風は。しゅうしゅうと寒むざむしく吹いて、草や樹木をばさばさ揺らして、醜く枯れさせることだ）」で始まる長篇抒情詩を源とする「悲秋文学」の流れを汲《く》むものです。

題㆓袁氏別業㆒

主人不㆓相識㆒
偶坐為㆓林泉㆒
莫㆓謾愁㆑沽㆑酒
嚢中自有㆑銭

袁氏《えんし》の別業《べつぎょう》に題《だい》す

賀《が》　知章《ちしょう》（六五九—七四四）

主人《しゅじん》とは相識《あいし》らず
偶坐《ぐうざ》するは　林泉《りんせん》の為《た》めなり
謾《みだ》りに酒《さけ》を沽《か》ふを愁《うれ》ふる莫《な》かれ
嚢中《のうちゅう》　自《おのず》から銭《ぜに》有《あ》り

【口語訳】
この別荘のご主人とは面識はないのだけれど、

こうして対坐しているのは、このすてきな庭園を拝見したいからである。
酒を買ってもてなそうなどという心配はご無用に願いたい。
「財布があれば小銭《こぜに》がある」というものさ。

「題」は、詩文を壁などに書きつけるという意味です。ここは袁氏（未詳）の別業（別荘）の壁にこの詩を書きつけたという意味です。

主人不㆓相識㆒　**主人《しゅじん》とは相識《あいし》らず**

偶坐為㆓林泉㆒　**偶坐《ぐうざ》するは　林泉《りんせん》の為《た》めなり**

「主人」は、この別荘のあるじです。「相識」は、知り合う。作者は、この別荘のあるじの袁《えん》さんとは面識はない、というのです。「偶坐」は、向き合って坐す。対坐すること。「林泉」は、庭園のことです。

莫㆓謾愁㆑沽㆑酒　**謾《みだ》りに酒《さけ》を沽《か》ふを愁《うれ》ふる莫《な》かれ**

嚢中自有レ銭　嚢中《のうちゅう》自《おのず》から銭《ぜに》有《あ》り

「莫」は、なかれ。禁止の助辞で、「……するな」です。「謾」は、みだりに、むやみに、いたずらに。「愁」は、心配する。気を遣う。「沽」は、買う、または売る。ここは酒を買うという意味です。「嚢中」は、ここでは財布の意味。「自」は、おのずから。「嚢中自から銭有り」は、財布があれば銭がある、という只事《ただごと》を格言めいた表現をして軽く洒落ているのです。つまり、どうか私が来たからといって酒を買わねばならぬなどというむだな心配はご無用。「嚢中自から銭有り」なのですからね、と格言めいた言い方で、軽くしゃれてみたのです。

ところで、歴史に題材を取って詠んだ詩のことを、「詠史」とか「懐《かい》古《こ》」「覧古《らんこ》」とか言いますが、次の詩も、戦国時代の荊軻《けいか》と燕の太子との易水《えきすい》での別離の故事を題材にして詠んだ「詠史詩」の一首です。

易水送別

此地別㆓燕丹㆒
壮士髪衝㆑冠
昔時人已没
今日水猶寒

易水送別《えきすいそうべつ》　駱《らく》　賓王《ひんのう》

此《こ》の地《ち》　燕丹《えんたん》と別《わか》れ
壮士《そうし》　髪《はつ》　冠《かん》を衝《つ》く
昔時《せきじ》　人《ひと》　已《すで》に没《ぼっ》す
今日《こんにち》　水《みず》　猶《な》ほ寒《さむ》し

【口語訳】
この地は、昔、荊軻が燕の太子丹と別れたところ。
その時、壮士荊軻は、慷慨《こうがい》のあまり、髪の毛が逆立って冠をつきあげるほどであったという。
だが、それも昔のこと。彼はすでにこの世から亡くなってしまい、
今はただ易水の流れが昔と同じように寒々と流れている。

「易水」は、河北省易県付近に源を発する川。戦国時代、燕国の西境を流れていました。燕の太子丹《たん》が刺客《しかく》荊軻に、秦王《しんおう》・嬴政《えいせい》（後の始皇帝）の暗殺を依頼し、易水のほとりで、荊軻を送ったのでした。その時、荊軻は「**風蕭蕭《かぜしょうしょう》として易水《えきすい》寒し　壮士《そうし》一《ひと》たび去《さ》って復《ま》た還《かえ》らず**（風はびゅうびゅうと吹いて氷りついた易水は寒々しい。壮士たる荊軻は、この地を去って二度と戻ってはこない）」と歌った、という故事があります。

此地別㆓燕丹㆒　此《こ》の地《ち》　燕丹《えんたん》と別《わか》れ
壮士髪衝㆑冠　壮士《そうし》　髪《はつ》　冠《かん》を衝《つ》く

「此地」は、この故事のあった易水の地を指しています。「燕丹」は、燕の太子丹。秦に人質となったが、待遇が悪かったので、燕に逃げ帰っていました。「壮士」は、血気盛んな男子。ここは、荊軻を指します。荊軻は、戦国時代の燕の刺客（殺し屋）。燕の太子丹の命令で、秦の始皇帝を暗殺しようとして失敗し殺されました。「髪衝レ冠」は、『史記』「刺客列伝《しかくれつでん》」に、「忼慨《こうがい》して士皆目《しみなめ》を瞋《いか》らし、髪尽《ことごと》く上《た》ちて冠《かんむり》を指《さ》す」とあります。「髪《かみ》」を「はつ」と音で読むと迫力が増します。

昔時人已没　**昔時《せきじ》　人《ひと》　已《すで》に没《ぼっ》す**
今日水猶寒　**今日《こんにち》　水《みず》　猶《な》ほ寒《さむ》し**

「昔時」は、昔。「人」は、ここは荊軻を指します。つまり、かつての荊軻はもうすでにこの世にはいないけれど、今もなお易水の水は昔と変わらず寒々しく流れている、というのです。作者駱賓王▽もまた、この易水のほとりで、友人と別れるにあたって、壮士荊軻の故事を用いて自身の別れの悲哀を詠んだのでした。

▽駱　賓王（らく・ひんのう）〈六四〇？―六八四？〉
唐代初期の詩人。王勃《おうぼつ》・楊炯《ようけい》・盧照鄰《ろしょうりん》とともに「初唐の四傑《しけつ》」と称せられる。七歳からよく詩を作り、成長してからは五言律詩に秀でた。しかし生まれついて貧しく家柄が低かったので、官界に恵まれず、若くして落ちぶれて、博徒と交遊し、性格は傲慢で剛直であった。則天武后は駱賓王の文を重んじ、詔して臣下に、彼の文章の数百篇を集めさせ、『駱丞集』四巻を編纂させた。

次は、これも有名な孟浩然の「春暁《しゅんぎょう》」を読みましょう。

春暁

春眠不レ覚レ暁
処処聞二啼鳥一
夜来風雨声
花落知多少

春暁《しゅんぎょう》　孟《もう》浩然《こうねん》

春眠《しゅんみん》　暁《あかつき》を覚《おぼ》えず
処処《しょしょ》　啼鳥《ていちょう》を聞《き》く
夜来《やらい》　風雨《ふうう》の声《こえ》
花《はな》落《お》つること　知《し》んぬ　多少《たしょう》ぞ

【口語訳】
春の眠たさに、うつらうつらしていて、いつ夜が白んできたか分からなかったが、もう軒端《のきば》や庭のそこここで小鳥のさえずりが聞こえてくる。
昨夜は夜どおし雨風の音がしていたが、
花はどれほど散ったであろうか。

孟浩然▽は、詩才豊かな文人でしたが、酒と自由を好む人で、結局は窮屈な官人生活には向かない人でした。官人は夜明け前に起きて登庁しなければならないので、眠くとも蒲団の中でぐずぐずしていられないのですが、彼は官人ではないので、寝ながら春暁の趣きを味わえるのです。

▽孟 浩然（もう・こうねん）〈六八九―七四〇〉
名は、浩。襄陽（湖北省襄陽県）の人。四十歳になって、都に出て諸名士と交わる。玄宗皇帝に逆らい、都を追われた。張九齢に召され荊州従事となった。五言古詩に巧みで、その詩は、晋の陶淵明の流れをくむ。盛唐にあって王維《おうい》と名を等しくし、のちの韋応物《いおうぶつ》・柳宗元《りゅうそうげん》と共に、自然詩人と呼ばれた。これを、「王・孟・韋・柳」と称します

しかし、孟浩然は、この自由でのどかな風情を満喫しているとともに、じつは、その反面、志を得られず浪々の身であることの悲哀がありました。それを思うと、この詩の味わいはいちだんと重く胸に響いてきます。

まず、この詩は、全体に視覚的な表現を極端に抑えています。

春眠不レ覚レ暁　**春眠《しゅんみん》暁《あかつき》を覚《おぼ》えず**

処処聞二啼鳥一　**処処《しょしょ》啼鳥《ていちょう》を聞《き》く**

「暁《あかつき》」は「曙《あけぼの》」の前の、東の空がしらみ始めたばかりをいう語。言わば「暁闇」のときですから、きわめて薄明かりなのです。そとはまだ暗いはずですが、小鳥たちは早起きだから、もうさえずっている、と聴覚的描写です。「処処」は、あちらでもこちらでも。どこもかしこもの意味です。

夜来風雨声　**夜来《やらい》風雨《ふうう》の声《こえ》**

花落知多少　**花《はな》落《お》つること知《し》んぬ多少《たしょう》ぞ**

次いで、転句は、昨夜の風雨の音を想像してこれも聴覚。この風雨が、庭の花を更に散らしたであろうと、視覚上の想像力をかきたてています。つまり、視覚的描写をしないことによって、却って視覚的な想像をかきたてているのです。「知多少」は、「どれくらいであろうか」、という意味です。「きっと、たくさん散っていることだろう」という気持ちを含んでの表現なのです。

この詩は、うららかな春を美しく詠んでいますが、この時、孟浩然自身は、無位無官の浪々の身の上なのでした。

次は、自然詩人で有名な王維《おうい》（六九九―七六一）の詩です。王維は、長安の東南の輞川《もうせん》（陝西省藍田県《せんせいしょうらんでんけん》）に、広大な別荘地をもっていました。ある時、二十の勝景《しょうけい》を選んで、友人の裴迪《はいてき》と絶句を唱和しました。以下は、その内の二首です。

鹿柴

空山不レ見レ人
但聞人語響
返景入二深林一
復照青苔上

鹿柴《ろくさい》　王《おう》維《い》▽

空山《くうざん》　人《ひと》を見《み》ず
但《た》だ聞《き》く　人語《じんご》の響《ひび》くを
返景《へんけい》　深林《しんりん》に入《い》り
復《ま》た照《て》らす　青苔《せいたい》の上《うえ》

【口語訳】
人かげも見えない静かな山の中、
どこからか人の話し声が響いてくる。

夕日が深い林にさしこんで、
ふたたび青い苔を照り返している。

「鹿柴」は、飼っている鹿を囲う柵。王維は、輞川に広い別荘があり、そこで詩を詠みました。「鹿柴」も次の「竹里館」も、その中の景勝地です。

空山不レ見レ人　空山《くうざん》　人《ひと》を見《み》ず
但聞人語響　但《た》だ聞《き》く　人語《じんご》の響《ひび》くを

「空山」は、人がいない山、ひっそりと静かな山のことです。人かげも鳥獣も見えない山に、どこからか人の話し声がひびいてくる、というのです。ひそひそとひびくかすかな人声に、いっそうあたりの静けさが感じられます。

返景入二深林一　返景《へんけい》　深林《しんりん》に入《い》り

復照青苔上　復《ま》た照《て》らす　青苔《せいたい》の上《うえ》

「返景」は、夕日。「復た照らす」というのは、昼間に真上から照らした太陽の光が、夕暮れになって、もう一度西から斜めに射しこんで照らす、ということです。赤い夕日が、林の奥の濃い緑の苔を照らしているところ、色彩的に極めて印象的で、この上なく静かな風景美です。

▽王 維（おう・い）〈六九九？―七六一〉
字《あざな》は摩詰《まきつ》。開元九年（七二一）の進士。盛唐の高級官僚で、時代を代表する詩人。また画家・書家・音楽家としての才も発揮した。安禄山の乱の時、偽政権から官を受けたために、乱後に処罰されるが、弟の王縉《おうしん》が身代わりを申し出るなどして罪を軽減された。復帰後は、尚書右丞《しょうしょゆうじょう》に至る。同時代の詩人李白が詩仙、杜甫が詩聖と呼ばれるのに対し、詩仏と呼ばれた。時代の寵児《ちょうじ》ともてはやされたが、自身は静謐《せいひつ》な暮らしを好んだ。『王右丞集』。

竹里館

独坐幽篁裏
弾琴復長嘯
深林人不レ知
明月来相照

竹里館《ちくりかん》　王　維

独《ひと》り坐《ざ》す　幽篁《ゆうこう》の裏《うち》
弾琴《だんきん》　復《ま》た　長嘯《ちょうしょう》す
深林《しんりん》　人《ひと》知《し》らず
明月《めいげつ》　来《きた》りて　相照《あいて》らす

【口語訳】

奥深い竹林の中に、私はひとり静かに椅子に座っている。
琴を弾き、また、声を長く引いて歌う。
この深い竹林の趣《おもむき》は誰も気づかないであろうが、

明月は真上に来て私を照らしてくれる。

「竹里館」は、これも王維の輞川荘の中の景勝地の一つで、竹林の中の小館です。

独坐幽篁裏　独《ひと》り坐《ざ》す　幽篁《ゆうこう》の裏《うち》
弾琴復長嘯　弾琴《だんきん》　復《ま》た　長嘯《ちょうしょう》す

「幽篁」は、奥深い竹林。竹林は、竹藪《たけやぶ》と異なり、手入れのよく行き届いた美しい所です。「裏」は、うち。なか。内部。「長嘯」は、声を長く伸ばして歌う歌い方。人に聞かせるためでなく、自身の気持ちをやわらげるために小さな声で歌うことです。隠者がよくするものです。王維はひとり竹林の中の椅子に坐って、琴を弾き、詩を口ずさんでいる、というのです。

深林人不レ知　深林《しんりん》　人《ひと》知《し》らず

明月来相照　明月《めいげつ》来《きた》りて相照《あいて》らす

「深林人知らず」は、深い竹林の清らかな趣きを世間の人は知るまい、という意味です。単に、竹林に自分がいることを人は知らないであろう、という意味にも取れますが、それだと起句の「独り坐す幽篁の裏」と同じ意味合いになってくりかえしとなるので、やはり深林のこのすばらしい趣きを人は知らないと解釈する方がいいですね。「明月」は、月を二字の熟語にしたもので、わざわざ明るい月と訳さなくていいのです。「来りて相照らす」は、月はすでに上っていたのですが、いま竹林の真上に現われたので、「来りて」というのです。「相照らす」は、自分を照らしてくれるの意味。「相」は助字で、お互いに、という意味はありません。竹林の趣きに浸《ひた》っていると、さらに月が明るく照らしてくれていっそう清浄感が増したというのが、この詩の眼目《がんもく》なのですね。

勧レ酒

勧レ君金屈巵
満酌不レ須レ辞
花発多二風雨一
人生足二別離一

酒《さけ》を勧《すす》む　于《う》武陵《ぶりょう》（八一〇—？）

君《きみ》に勧《すす》む　金屈巵《きんくっし》
満酌《まんしゃく》　辞《じ》するを須《もち》ゐざれ
花《はな》　発《ひら》いて　風雨《ふうう》　多《おお》し
人生《じんせい》　別離《べつり》　足《た》る

【口語訳】
君にすすめよう、黄金の大盃を、
なみなみとついだこの美酒を、どうか辞退しないでおくれ。
花が咲けば、雨風が多くなるもの、

その風雨に散る花のように、人の生涯には、別れが多いものだなあ。

勧レ君金屈巵　君《きみ》に勧《すす》む　金屈巵《きんくつし》
満酌不レ須レ辞　満酌《まんしゃく》　辞《じ》するを須《もち》ゐざれ

「金屈巵」は、把手《とって》の付いた黄金の丸い杯《さかずき》で、美しくぜいたくな酒盃です。立派な酒器は、宴席を華やかにし、相手に対する敬意をも表します。「満酌」は、なみなみと注《つ》ぐ。「不須」は、……するに及ばない。必要無い、の意です。

花発多二風雨一　花《はな》　発《ひら》いて　風雨《ふうう》　多《おお》し
人生足二別離一　人生《じんせい》　別離《べつり》　足《た》る

「花発多風雨」の「風雨多し」は、美しい花の咲いている時間が短かくとどめがたいことを暗示しています。「人生足別離」は、この世は、辛い別ればかりが多くて、なかなか良いめぐりあいはむずかしい、という意味です。「足」は、満ち足りる、多いという意味です。転句の「多」と重複を避けたのでしょう。見事な起承転結です。ことに、転句・結句は、「歓楽極まりて哀情多し」（漢の武帝「秋風辞」）と同じく、無限の哀愁が漂う詩句ですね。ちなみに「人生」は、「人生まれて」と読むと転句と対句になりますから、その読み方でも良いのです。

なお、この詩を井伏鱒二は、以下のように訳詩しました。

コノサカヅキヲ受ケテクレ
ドウゾナミナミツガシテオクレ
ハナニアラシノタトヘモアルゾ
「サヨナラ」ダケガ人生ダ（『厄除け詩集』）

静夜思

牀前看二月光一
疑是地上霜
挙レ頭望二山月一
低レ頭思二故郷一

静夜思《せいやし》　李《り》白《はく》

牀前《しょうぜん》　月光《げっこう》を看《み》る
疑《うたご》ふらくは　是《こ》れ地上《ちじょう》の霜《しも》かと
頭《こうべ》を挙《あ》げては　山月《さんげつ》を望《のぞ》み
頭《こうべ》を低《た》れては　故郷《ふるさと》を思《おも》ふ

【口語訳】
寝台にさしこむ月の光を見ていると、
まるで地に降りた霜のようである。

首をあげては山の端《は》の月を眺め、
首を垂れては遠い故郷のことをなつかしく思う。

▽李白（り・はく）〈七〇一―七六二〉
字は、太白。号は、青蓮居士。若い頃、任侠《にんきょう》を好み、四川を振り出しに、江南・山東・山西を遊歴。天宝元年（七四二）四十二歳の時、長安に出て賀知章《しょう》らに推挙され、翰林供奉《かんりんきょうほう》となったが、宦官《かんがん》の高力士に憎まれ追放された。天宝三載（七四四）、ふたたび無官となって各地を放浪。安禄山の乱に際して、玄宗の子の永王の幕下に加わったが、粛宗《しゅくそう》の官軍に撃退され、李白も囚われて夜郎《やろう》（貴州省北部の僻地）に流罪となる。途中で赦免され、以後長江流域を転々として、当塗県《とうとけん》（安徽省）で歿。詩仙。『李太白集』。

この詩は、五言絶句の形式ですが、じつは「静夜思」という楽府題《がふだい》（歌謡の曲名）の作品で、いわば歌謡の歌詞なのです。

牀前看㆓月光㆒　**牀前《しょうぜん》　月光《げっこう》を看《み》る**

疑是地上霜　**疑《うたご》ふらくは　是《こ》れ　地上《ちじょう》の霜《しも》かと**

「牀」は、寝台。ベッド。「牀前」は、ベッドの辺り。「疑是」は、推量する語で、ふつうは「たぶん……であろう」とか「……ではないかと思われる」と訳しますが、むしろ、「まるで……のようだ」と、比喩的に訳した方が意味が通りやすくなります。

挙㆑頭望㆓山月㆒　**頭《こうべ》を挙《あ》げては　山月《さんげつ》を望《のぞ》み**

低㆑頭思㆓故郷㆒　**頭《こうべ》を低《た》れては　故郷《ふるさと》を思《おも》ふ**

ベッドの上で、仰ぎ見れば明るい月、俯《うつむ》けば眼前は暗くて望郷の思いにかられる、という意味ですが、この二句は、対句になっていて、首を上下するだけで、明から暗へ・近から遠への転換がくっきりとしています。

なお、結句は、「遠い故郷のことを想う」と、懐郷の情を歌いあげていますが、これは歌謡として詠まれたものであって、この作品以外には、李白は、ほとんど懐郷《かいきょう》の詩は詠んではいません。

次の「怨情《えんじょう》」は、皇帝の寵愛《ちょうあい》を失った美人の嘆き、という意味です。

怨情

美人捲㆓珠簾㆒
深坐嚬㆓蛾眉㆒
但見涙痕湿
不㆑知心恨㆑誰

怨情《えんじょう》　李白

美人《びじん》　珠簾《しゅれん》を捲《ま》き
深坐《しんざ》して　蛾眉《がび》を嚬《ひそ》む
但《た》だ見《み》る　涙痕《るいこん》の湿《うるお》ふを
知《し》らず　心《こころ》に誰《たれ》をか恨《うら》む

【口語訳】

美人は、美しい玉すだれが巻かれた部屋に、
奥深いところに居て、憂いて美しい眉をひそめている。
ただ見えるのは、彼女の頬が涙で濡れている様子だけ。
彼女は、いったいだれを恋しく思って嘆いているのやら。

美人捲㆓珠簾㆒　美人《びじん》珠簾《しゅれん》を捲《ま》き
深坐嚬㆓蛾眉㆒　深坐《しんざ》して蛾眉《がび》を嚬《ひそ》む

「美人」は、本来は、女官の官職名。ここは、宮廷の美しい女官を指します。「捲」は、巻き上げる。「珠簾」は、美しい玉の宝石で飾ったすだれ。玉すだれ。美しいすだれのことです。「珠簾を捲く」によって、場所が、宮中の御殿の部屋であり、部屋の外から見通せることを示しています。「深坐」は、部屋の奥の方に居るということで、その美人の奥

ゆかしさ、雅やかさを暗示しているのです。「嚬」は、眉《まゆ》にしわをよせる。物思いに沈んでいる様を表します。「蛾眉」は、美しい眉。女性の顔の美しいさまのことです。「蛾眉を嚬《ひそ》む」は、美人が物思いに沈んでいるさまを表現したものです。

但見涙痕湿　但《た》だ見《み》る　涙痕《るいこん》の湿《うるお》ふを

不レ知心恨レ誰　知《し》らず　心《こころ》に誰《たれ》をか恨《うら》む

「但」は、それだけという限定の意味。「涙痕」は、頬を伝う涙のあと。「涙痕の湿ふ」は、涙の後がまだ濡れているということで、部屋の中の美人は、悲しみに泣いていたらしい、というのです。「但だ見る」とは、ただ泣いていたらしい表情が見えるだけということです。「不知」、分からないという意味。「恨む」は、怨《うら》めしく思う、という意味ですが、更に詳しく言えば、恋しい人に会えないこと、恋しく思う自分の気持ちが、相手に届かないことを深く悲しむということなのです。

漢の成帝の妃の班婕妤《はんしょうよ》に「怨情行《えんじょうこう》」という歌がありますが、この作品も、同じ趣きの恋愛歌謡の作品と言えます。皇帝の寵愛を失った美人が、悲しむ様子を詠ったものです。

秋浦歌 十七首

第四

両鬢入二秋浦一
一朝颯已衰
猿声催二白髪一
長短尽成レ糸

秋浦歌《しゅうほか》 十七首 李白

両鬢《りょうびん》 秋浦《しゅうほ》に入《い》り
一朝《いっちょう》 颯《さつ》として 已《すで》に衰《おとろ》ふ
猿声《えんせい》 白髪《はくはつ》を催《うなが》し
長短《ちょうたん》 尽《ことごと》く糸《いと》と成《な》る

【口語訳】

私の髪は、この秋浦の地に来てから、
にわかに乱れ衰えてしまった。
悲しげに鳴いて旅情を募らせる猿の声にせきたてられて白髪となり、
長い髪も短い髪も細く乱れる糸のようになってしまった。

詩題の「秋浦歌」は、これも楽府題で、もとは楽曲《がっきょく》の曲名です。全十七首のうちの第四首目の詩です。「秋浦」は、安徽省貴池《きち》県の地名であり、また秋浦川《しゅうほせん》という名の川もあります。

両鬢入㆓秋浦㆒　両鬢《りょうびん》　秋浦《しゅうほ》に入《い》り
一朝颯已衰　一朝《いっちょう》　颯《さつ》として　已《すで》に衰《おとろ》ふ

「両鬢」の「鬢」は、頭の横髪のことですが、「両鬢」で、頭髪全部の意味です。「秋浦に入り」は、秋浦の地に来て、という意味。「一朝」は、ここでは、にわかに、たちまちの意味。「颯」は、ここでは、衰え乱れる、という意味です。

両句の意味は、「この秋浦の地に来て、にわかに頭髪が衰えて白髪になった」というのです。たった今この瞬間に、自分の老いていることに気づいて、愕然《がくぜん》としているのです。特に右の二句目は、その驚愕の瞬間をみごとに詠んでいます。

猿声催二白髪一　**猿声《えんせい》白髪《はくはつ》を催《うなが》し**
長短尽成レ糸　**長短《ちょうたん》尽《ことごと》く糸《いと》と成《な》る**

「猿声」は、都を遠く離れた地にいることを聴覚的に実感させられて、いっそう旅愁をつのらせるものなのです。猿の声を聞くにつれ、どっと髪が白くなり細くちりぢりに縮んでしまったというのです。単に老いを嘆くのではなく、頭髪に焦点を絞って老化の実体を客観的にユーモラスに詠んでいるのです。ちなみに、日本猿と違って、中国の南方の猿は、高く澄んだ声で鳴き、谷間に響いて美しくも悲しい鳴き声なのです。

秋浦歌　十七首

第十五

白髪三千丈
縁レ愁似レ箇長
不レ知明鏡裏
何処得二秋霜一

秋浦歌《しゅうほか》　十七首　李白

白髪《はくはつ》　三千丈《さんぜんじょう》
愁《うれい》に縁《よ》って　箇《か》くの似《ごと》く長《なが》し
知《し》らず　明鏡《めいきょう》の裏《うち》
何《いず》れの処《ところ》にか　秋霜《しゅうそう》を得《え》たる

【口語訳】

なんとこの白髪のすさまじさ、三千丈もあるくらい。
こころに積《つ》もる愁いによって、こんなにも長く伸びたのである。
それにしても、この鏡にうつるわがすがた。
いったいどこでこんなに秋の霜を得たのだろう。

秋浦歌十七首のうちでは、この第十五首が最も有名です。

白髪三千丈　**白髪《はくはつ》　三千丈《さんぜんじょう》**
縁レ愁似レ箇長　**愁《うれい》に縁《よ》つて　箇《か》くの似《ごと》く長《なが》し**

「三千丈」の「三千」は実数ではなく、音の調べよく誇張した表現です。「食客三千」「宮女三千」、「飛流直下三千尺」など、漢詩文では、慣用的なものですが、この詩では、おどろくほどの白髪を誇張し、調べよく印象付けて、「白髪三千丈」と表現したのです。そして驚嘆しつつ、溜息《ためいき》をもらしたことでしょう。ちなみに、唐代の「一丈」は十尺で、三、〇三メートルです。「似箇」は、「如此（此《か》くの如《ごと》し）」と同じ意味の唐代の口語なのです。

不レ知明鏡裏　知《し》らず　明鏡《めいきょう》の裏《うち》
何処得二秋霜一　何《いず》れの処《ところ》にか　秋霜《しゅうそう》を得《え》たる

「明鏡」は、「鏡」を二字の熟語にするために「明」を付しています。「月」のことを「明月」というのと同じです。「裏」は、「うら」ではなく、「うち」。「中」の意味です。「秋霜」は、白髪の暗喩《あんゆ》で、詩語として、白髪の清らかさを意味します。

この話は、老いを歎く詩で、いわゆる嘆老《たんろう》の文学なのですが、李白の詩には、しめっぽさはなく、からっとした明るさがあります。

次の詩題の「敬亭山」は、安徽省宣城《せんじょう》県にある山で、李白が最も敬愛した斉の謝朓《しゃちょう》が、この宣城の太守となっていたとき、しばしばこの山に登って遊んだので、李白もこの地に幾度《いくたび》か出かけて、その都度、謝朓を偲《しの》んで、この山を眺めたり、登ったりしました。

独坐㆓敬亭山㆒

独《ひと》り敬亭山《けいていざん》に坐《ざ》す　李白

衆鳥高飛尽
孤雲独去間
相看両不㆑厭
只有㆓敬亭山㆒

衆鳥《しゅうちょう》　高《たか》く飛《と》び尽《つ》くし
孤雲《こうん》　独《ひと》り去《さ》つて間《かん》なり
相看《あいみ》て　両《ふた》つながら厭《いと》はざるは
只《た》だ　敬亭山《けいていざん》　有《あ》るのみ

【口語訳】

たくさんいた小鳥たちは、空高く飛び去ってしまい、
ぽつんと浮かんでいた雲も、しずかに流れ去ってしまった。
いつまで眺めあっていても、おたがいに見飽きないのは、
ただ敬亭山だけだなあ。

衆鳥高飛尽　**衆鳥《しゅうちょう》高《たか》く飛《と》び尽《つ》くし**

孤雲独去間　**孤雲《こうん》独《ひと》り去《さ》つて間《かん》なり**

小鳥たちは、夕暮れ近くなったので、塒《ねぐら》に飛び去ったのでしょう。
「孤雲」は、浮雲。離れ雲。ぽつんと浮かぶひとつ雲です。「間」は「閑」と同じ。しずかの意味。「衆鳥」と「孤雲」と対比させており、二句は対句になっています。

相看両不レ厭　**相看《あいみ》て両《ふた》つながら厭《いと》はざるは**

只有㆓敬亭山㆒　只《た》だ敬亭山《けいていざん》有《あ》るのみ

目の前には、小鳥も浮雲もみんな、いなくなってしまったが、一向《いっこう》にかまわない。李白にとって、いつまでも見飽きることなくひたすら好ましいのは、敬愛する謝朓▽が登ったというこの敬亭山▽なのだ、というのです。

李白にとって敬亭山は、謝朓を偲ぶ格別の山だったのです。「敬亭山」は、安徽《き》省宣城市の北にある山。別名、昭亭山。標高三一七メートル。渓谷を臨む景勝地です。

▽謝朓（しゃ・ちょう）〈四六四―四九九〉字は玄暉《げんき》。南朝斉《せい》の詩人。同族の謝霊運・謝恵連とともに六朝の山水詩人として名高く、あわせて「三謝」と称される。唐の李白は、謝朓の詩の清澄さをことに愛好し、自身の詩の中で、しばしば謝朓の詩に対する敬愛を表明している。宣城の太守となった。五言詩にすぐれ、南北朝期の詩人の第一人者。

▽敬亭山（けいていざん）　安徽《あんき》省東南部、宣城県《せんじょうけん》の北にある山。景勝の地で、謝眺が宣城の太守に在任中好んで登り、後に、李白がその風流を慕って庵を結んだ。高さは海抜三二四メートル。「昭亭山」とも称する。

秋夜寄㆓丘二十二員外㆒

秋夜《しゅうや》、丘二十二員外《きゅうにじゅうにいんがい》に寄《よ》す

韋《い》応物《おうぶつ》

（七三六—七九一？）

懐㆑君属㆓秋夜㆒

散歩詠㆓涼天㆒

君《きみ》を懐《おも》うて　秋夜《しゅうや》に属《しょく》し

散歩《さんぽ》して　涼天《りょうてん》に詠《えい》ず

山空松子落
幽人応レ未レ眠

山《やま》空《むな》しうして　松子《しょうし》落《お》つ
幽人《ゆうじん》　応《まさ》に未《いま》だ眠《ねむ》らざるべし

【口語訳】

秋の夜、いまごろ君はどうしているだろうかと思いつつ、肌寒い中を行きつ戻りつしながら詩をうたっている。

山のあたりはひっそりとして、松ぼっくりの落ちる音さえ聞こえそうだ。

世を厭《いと》い離れて暮らす隠者の君は、物思いに耽《ふけ》ってまだ眠れないでいるのだろうなあ。


詩題は、秋の夜、友人の丘《きゅう》〈名は、丹。二十二は、排行〈兄弟従兄弟の年齢順〉）員外〈員外郎・官職名〉に、思いを寄せて贈った詩という意味です。

懐レ君属二秋夜一　**君《きみ》を懐《おも》うて　秋夜《しゅうや》に属《しょく》し**
散歩詠二涼天一　**散歩《さんぽ》して　涼天《りょうてん》に詠《えい》ず**

「属」は、当たる。「散歩」は、ぶらぶら歩くこと。「涼天」は、肌寒い秋の空。つまり、君はどうしているかと思いながら、詩を吟じつつ、秋の肌寒い夜空の下を散歩しているのです。

山空松子落　**山《やま》空《むな》しうして　松子《しょうし》落《お》つ**
幽人応レ未レ眠　**幽人《ゆうじん》応《まさ》に未《いま》だ眠《ねむ》らざるべし**

山が空しいというのは、ひっそりとしてひと気がない、と言う意味です。「松子」は、松かさ。松ぼっくり。「幽人」は、世を避けてひっそりと暮らしている人。隠士・隠者のこと。ここは、友人の丘丹さんを指しています。友人が暮らしている山辺は、松かさが落ちるかすかな音までも聞こえるほど静かであろうというのです。その静けさに、彼も物思いに耽って眠らないでいるのであろうと、思いやっているのです。「山空しうして松子落つ」が、静けさをよく表わしています。

秋日

返照入二閭巷一
憂来誰共語
古道少二人行一
秋風動二禾黍一

秋の日　耿《こう》湋《い》（?—七八七頃）

返照《へんしょう》　閭巷《りょこう》に入《い》る
憂《うれ》ひ来《き》たって　誰《たれ》と共《とも》にか語《かた》らん
古道《こどう》　人《ひと》の行《ゆ》くこと少《まれ》なり
秋風《しゅうふう》　禾黍《かしょ》を動《うご》かす

【口語訳】
村里の小路に夕日が射しこむとき、
憂いがつのるが、語るべき相手もいない。
通りを往き来する人はまれであり、
秋風に黍《きび》の穂が揺れているばかり。

返照入㆓閭巷㆒　**返照《へんしょう》　閭巷《りょこう》に入《い》る**
憂来誰共語　**憂《うれ》ひ来《き》たつて　誰《たれ》と共《とも》にか語《かた》らん**

「返照」は、夕日のこと。「閭巷」は、村里（「閭」は、村の入口の門。「巷」は、路地）です。「憂来」は、心憂うること（「来」は、ものごとの動きのニュアンスを添える助字）。秋の夕日が、村の小路に射しこんで、今日も空しく暮れようとしている。この夕暮れ時はなんということなく憂鬱になるけれど、それを語るべき相手もいないなあ、と孤独感を募らせています。もの悲しい秋、すなわち「悲秋」は、中国文学の伝統的なテーマの一つです。

古道少㆓人行㆒　古道《こどう》人《ひと》の行《ゆ》くこと少《まれ》なり

秋風動㆓禾黍㆒　秋風《しゅうふう》禾黍《かしょ》を動《うご》かす

「古道」は、村人が昔から往来している道という意味です。夕暮れどきだから、ことに人通りが少ない、というのです。「禾黍」は、穀物《こくもつ》の黍《きび》。（「禾」は、穀物の総称。「黍」は、もちきび）。秋風に黍畑の黍が揺れて騒ぐ音に、寂しさがさらに増す、という詩意です。

この詩は、芭蕉の「この道やゆく人なしに秋の暮」の句と、趣きがよく似ていますが、芭蕉がこの詩の影響を受けたということではありません。耿湋は耿湋の独創的詩境を詠み、芭蕉は芭蕉の独創的詩境を詠みあげた作品がたまたま酷似したものです。

▽芭蕉（ばしょう）〈一六四四—一六九四〉俳号は桃青《とうせい》。芭蕉は戯号。本名、松尾忠右衛門宗房《むねふさ》。伊賀国に生まれ、上野の藤堂家に仕えたが、後、江戸に出て、三十四歳の頃、誹諧《はいかい》の宗匠として独立。三十八歳の頃深川に隠棲し新しい作風を模索する。三十九歳以後、漂泊行脚。大阪で死去。

七言絶句

七言絶句は、一句が七言で四句構成。全部で二十八の語です。五言絶句と同じく、起承転結となります。

一句の内訳は、二言＋二言＋三言または、四言＋三言の組み合わせです。

七言詩は、五言詩に二語が殖《ふ》えるだけなのですが、これによって、表現もより繊細になり、調《しら》べもたおやかさがぐっと増してくるのです。

句意は、五言絶句と同じく、二句一章で読み解きます。

蜀中九日

九月九日望郷台
他席他郷送レ客杯
人情已厭二南中苦一
鴻雁那従二北地一来

蜀中九日《しょくちゅうきゅうじつ》　王《おう》　勃《ぼつ》

九月九日《くがつここのか》　望郷台《ぼうきょうだい》
他席他郷《たせきたきょう》　客《かく》を送《おく》る杯《はい》
人情《にんじょう》　已《すで》に南中《なんちゅう》の苦《く》を　厭《いと》ひをるに
鴻雁《こうがん》　那《なん》ぞ北地《ほくち》より来《き》たる

【口語訳】
九月九日重陽《ちょうよう》の節句に、望郷台に上り、
他郷の町の他家の宴席で、旅人を送る餞《はなむけ》の酒をくむ。

私の気持ちは、もはや南のこの蜀にいる辛《つら》さでうんざりしているのに、
あの雁はどうして北からわざわざ飛んで来て、さらに私を悲しませるのであろう。

「蜀中九日」の蜀は、今の四川省の地域。「中」は、場所や地域をあらわすための添え字。作者の王勃は、この蜀の地にいて、重陽の日の九月九日をむかえた、というのです。重陽の日は、本来、家族揃って菊酒《きくしゅ》をのみ、災厄《さいやく》を払い、健康を祝うものなのですが、家族から離れて旅先にいるので、この日は、殊更望郷の念にかられるのでした。

九月九日望郷台　**九月九日《くがつここのか》**　**望郷台《ぼうきょうだい》**

他席他郷送レ客杯　**他席他郷《たせきたきょう》**　**客《かく》を送《おく》る杯《はい》**

この詩の「望郷台」は、成都《せいと》の玄武山《げんぶざん》にあった建物で、そこに上って

遠望したのでしょう。「他席他郷」は、「他郷の他席」と同じ意味で、異郷の他家の宴席ということです。しかも「客を送る杯」というのですから、送別の宴なのです。望郷と友人との離別という二重三重の悲しみの身であるわけです。なお、「九月九日望郷台　他席他郷送客杯」というふうに、一句の中に同じ字を重ねた句を二つ並べる修辞的な対句を、双擬対《そうぎつい》と言います。

人情已厭㆓南中苦㆒　**人情《にんじょう》已《すで》に南中《なんちゅう》の苦《く》を厭《いと》ひをるに**

鴻雁那従㆓北地㆒来　**鴻雁《こうがん》那《なん》ぞ北地《ほくち》より来《き》たる**

「人情」は、人の情感。ここは作者自身の気持ちを意味しています。「南中」は、南の地方の意味ですが、ここは蜀の地を指します。この第三句は、「私の気持ちは、もうこの南の蜀の土地にいる辛《つら》さにうんざりしているのに」という意味になります。「鴻雁」は、雁《かり》。雁は北から南に飛んでくるのですが、この句の「北地」は、作者の故郷である山西省太原《たいげん》や長安をも意味しています。また、雁の訪れは、もの悲しい秋の到来を意味しています。故郷で家族と過ごすべき日に、異郷の蜀の地で望郷の念にかられ、友を送る宴をしているやるせなさ。それだけでも辛く悲しいのに、その上、どうしてもの悲しい秋が来るのであろうか、と悲《ひ》哀《あい》を募《つの》らせている詩なのです。このように同じ絶句でも七言だと、五言詩よりもより繊細な表現ができるのです。

▽王　勃（おう・ぼつ）〈六五〇？―六七五？〉
初唐の四傑の一人。祖父の王通は隋末の高名な儒学者。祖父の弟の王績も優れた詩人。幼くして神童の誉れ高く、十五歳で仕官したが、その後、諸王の闘鶏を批判した文を書いて、剣南に左遷された。後、地方官の時、事件をおこし、官を除かれ、父も連座して交趾《ベトナム》に左遷される。その父を訪ねる途中、南海で船から落ちて溺死した。『王子安集』。

涼州詞

葡萄美酒夜光杯
欲レ飲琵琶馬上催
酔臥二沙場一君莫レ笑
古来征戦幾人回

涼州詞《りょうしゅうし》

王《おう》翰《かん》（六八七？―七四二頃在世）

葡萄《ぶどう》の美酒《びしゅ》　夜光《やこう》の杯《はい》
飲《の》まんと欲《ほっ》すれば　琵琶《びわ》　馬上《ばじょう》に催《もよお》す
酔《よ》うて沙場《さじょう》に臥《ふ》す　君《きみ》　笑《わら》ふこと莫《なか》れ
古来《こらい》　征戦《せいせん》　幾人《いくにん》か回《かえ》る

【口語訳】

葡萄の美酒を夜光の杯に注いで、

飲もうとすると、うながすように馬上で琵琶を弾《だん》ずるものがいる。
酔って沙漠に倒れ臥しても、君よ、笑ってくれるな。
かつて、戦《いくさ》に出た兵士で、幾人が生きて還れたであろうか。
（ほとんどは帰ってこなかったではないか）

「涼州詞」は、唐の玄宗皇帝の時代、涼州《りょうしゅう》（陝西省西部から甘粛省一帯の地）から採集した楽曲の曲名です。多くは西域に関係ある内容を歌うものです。

葡萄美酒夜光杯　葡萄《ぶどう》の美酒《びしゅ》　夜光《やこう》の杯《はい》
欲レ飲琵琶馬上催　飲《の》まんと欲《ほっ》すれば　琵琶《びわ》　馬上《ばじょう》に催《もよお》す

葡萄酒は、唐の太宗皇帝の時、高昌を破って後、葡萄を長安の宮中の園に植え葡萄酒を造るようになりましたが、この詩の詠まれた当時は、葡萄酒も夜光の玉杯も琵琶も、西域シルクロードの異国情緒ただようものでした。美酒を飲もうとすると、それに合わせて馬上の楽隊が楽曲を奏ではじめた、というのです。起句・承句は、異国情緒たっぷりの酒宴の描写です。

酔臥㆓沙場㆒君莫㆑笑　酔《よ》うて沙場《さじょう》に臥《ふ》す　君《きみ》　笑《わら》ふこと莫《なか》れ

古来征戦幾人回　古来《こらい》　征戦《せいせん》　幾人《いくにん》か回《かえ》る

ところが、転句では、酔いつぶれた兵士が砂の上に倒れてしまいます。「沙場」というのは、ゴビの沙漠であり、戦場の地であることを意味しています。兵士は、美酒に酔いつぶれたのでもあり、戦争の空しさに絶望しているのでもあります。どうか酔い潰れた私を笑わないでくれ、と言います。そして、結句において、戦場から生きて帰れた者はほとんどいないのだから、となります。壮絶な戦《いくさ》を前にした痛切な悲哀感が余韻となります。

次に、李白（七〇一―七六二）の「天門山を望む」を見てみましょう。長江下りの様子を実に躍動的且つ力強く描述した詩です。

望㆓天門山㆒

天門中断楚江開
碧水東流至㆑北廻
両岸青山相対出
孤帆一片日辺来

天門山《てんもんざん》を望《のぞ》む　李　白

天門《てんもん》 中《なか》断《た》つて 楚江《そこう》 開《ひら》く
碧水《へきすい》 東流《とうりゅう》して 北《きた》に至《いた》りて廻《めぐ》る
両岸《りょうがん》の青山《せいざん》 相対《あいたい》して出《い》で
孤帆一片《こはんいっぺん》 日辺《じっぺん》より来《き》たる

【口語訳】
天門山は、その真ん中を断ち切ったかのように開けて、長江が流れてゆく。

碧々《あおあお》とした長江は、ここから東に向かって流れ、さらに北にぐるりと向きをかえて流れる。

両岸は、青々とした山が相対して迫《せ》り出ており、その間を一片の帆船が、まるで太陽のあたりから流れ下ってくるかのようである。

天門中断楚江開　**天門《てんもん》　中断《なかた》つて　楚江《そこう》　開《ひら》く**

碧水東流至レ北廻　**碧水《へきすい》　東流《とうりゅう》して　北《きた》に至《いた》りて廻《めぐ》る**

「天門山」というのは、安徽省当塗《とうと》県の西南に、長江を挟んで、博望《はくぼう》山《ざん》と梁山《りょうざん》の二つの山が相対しており、それが門のように聳《そび》え立っているので、この二つの山を「天門山」と称しているのです。

船が天門山に近づくと、その真ん中が割れるかのように開けてゆき、その間を船が進むのです。「楚江」は、長江のことで、昔の楚《そ》の地を流れているので楚江とも言うのです。「東流して北に至りて廻る」というのは、このあたりの長江が大きく蛇行《だこう》しているのを、俯瞰《ふかん》撮影したかのようなスケールの大きな表現です。実際の長江は必ずしも澄んでおらず、むしろ濁っているのですが、ここでは快晴の日の長江を「碧水」と明るく美しく詠んでいるのです。山に迫る臨場感と、鳥になったかのようにはるか上空から長江の蛇行ぶりを俯瞰したかのように詠みとめた起句と承句です。

両岸青山相対出　両岸《りょうがん》の青山《せいざん》　相対《あいたい》して出《い》で
孤帆一片日辺来　孤帆一片《こはんいっぺん》　日辺《じっぺん》より来《き》たる

「両岸の青山　相対して出で」は、起句で詠んだ天門山を下って行くところを、今度は、船上から間近《まぢか》に見て、両岸の景を立体的に描いているのです。そうして、結句は、また承句と同じく鳥瞰図《ちょうかんず》的に、長江をはるか上空から描述しています。「日辺」は、太陽のあたり。「日辺」の語には次のような故事《こじ》があります。昔、晋の明帝《めいてい》が、幼い時、長安から来た使者の前で、「長安と太陽とどちらが遠いか」と父に尋ねられ、「長安の方が近い。なぜなら、まだかつて太陽から来た人を見たことがないから」と答えた。翌日、群臣の前で、また同じことを聞かれると、今度は、「太陽の方が近い。なぜなら、ここから長安は見えないが、太陽は見えるから」と答えたというものです。そこで、ここの「日辺」には、「長安」を意味するという説もあるのです。

天門山あたりのそそりたつ両岸が迫り来る臨場感あふれる句と、滔々《とうとう》と流れゆく渺茫《びょうぼう》たる長江を俯瞰した句とを交互に詠んだ巧みな構成。そして、結句においては船を「孤帆一片」と極小に捕らえ、長江を光の帯のごとくに見たてて、大景をじつにダイナミックに描出しています。

望㆓廬山瀑布㆒

日照㆓香炉㆒生㆓紫煙㆒
遥看瀑布挂㆓前川㆒
飛流直下三千尺
疑是銀河落㆓九天㆒

廬山《ろざん》の瀑布《ばくふ》を望《のぞ》む　李　白

日《ひ》は香炉《こうろ》を照《て》らして　紫煙《しえん》を生《しょう》じ
遥《はる》かに看《み》る瀑布《ばくふ》の前川《ぜんせん》を挂《か》くるを
飛流《ひりゅう》　直下《ちょっか》　三千尺《さんぜんじゃく》
疑《うたご》ふらくは是《こ》れ　銀河《ぎんが》の九天《きゅうてん》より落《お》つるかと

【口語訳】
太陽が香炉峯を照らすと、（香炉のように）紫の靄がたちのぼり、
遠く見ると、前の川を立て掛けたかのような滝がある。

ほとばしる流れは、まっすぐに三千尺も落下している。
これはまるで天の川が、空のてっぺんから落ちてきたかのようだ。

「飛流　直下　三千尺」の句でよく知られた詩ですね。

日照㆓香炉㆒生㆓紫煙㆒　**日《ひ》は香炉《こうろ》を照《て》らして　紫煙《しえん》を生《しょう》じ**
遥看瀑布挂㆓前川㆒　**遥《はる》かに看《み》る瀑布《ばくふ》の前川《ぜんせん》を挂《か》くるを**

詩題の「廬山」は、浄土教の聖地として知られる名山で、百近くの峯々が林立している連山です。江西省九江市に位置し、標高は一四二六メートル。「瀑布」は、滝のことです。「香炉」は廬山の峯のひとつ「香炉峯」のことです。峯のかたちが、円錐形の香炉に似るところから名づけられたのでしょう（ちなみに、廬山という連山の中には、「香炉峯」の名をもつ峯は二つあって、白楽天が山居を作り詩に詠んだ香炉峯は、この李白が詠んだ香炉峯とは反対側にある別の峯になります）。「紫煙」は、峯の頂きあたりにたつ靄《もや》のことですが、香炉にたつ香煙に見立てているのです。「遙かに看る」は、遠くに見えるの意味ですが、ここは、遠くから香炉峯を眺めると、並び立つようにすぐ近くに高さ九十メートルの滝が落ちているのが見えるのです。「挂」は、掛けると同じ意味です。「瀑布の前川を挂くを」は、まっすぐ落ちる滝は、ちょうどその前を流れている川を立て掛けたようだという意味です。

飛流直下三千尺　　**飛流《ひりゅう》　直下《ちょっか》　三千尺《さんぜんじゃく》**
疑是銀河落㆓九天㆒　**疑《うたご》ふらくは是《こ》れ　銀河《ぎんが》の九天《きゅうてん》より落《お》つるかと**

「飛流」は、滝の水の動き表現したものです。「直下」は、まっすぐ下に流れ落ちる意味です。「三千尺」は、流れ落ちる長さを誇張した表現です。「三千」という数字は、音の調べの良い誇張表現なのです（参照・七十三頁）。唐代の「一尺」は、三十一、三センチメートル。「三千尺」は、九百三十メートル。ただし、実際は、高さ九十メートル余りです。「疑ふらくは是れ」は、いっぱんに、推量する語で、たぶん……ではなかろうか、と訳しますが、ここでは、比喩的な表現として、まるで……のようだ、と訳すほうが、作者の意図がより鮮明になります。「銀河」は、天の川のことです。「九天」は、天空を九層に分けた最上層、ここは、空のてっぺんの意味です。

はじめの起句において、廬山の香炉峯が、陽光のなかにもやがかかるのを、香煙をくゆらせる香炉に見立て、承句では、香炉峯の真横《まよこ》に落ちる滝と、その前に流れる川とを詠んでいますが、縦に落ちている滝は、横に流れている前の川をたてかけたかのようだと、機知的な表現になっています。転句では、滝のすさまじい流れの速度とその様子とを、「飛流」「直下」「三千尺」とイメージの湧きやすいことばを畳みかけて、印象鮮明に表現しています。そして、結句においては、まるで天空から天の川が落ちてきたかのようだ、と、じつに雄大というか、奇想天外な発想の比喩で結んでいるのでした。読後に、言いようのない爽快感を覚えます。李白が詩仙と呼ばれた理由が分かるような作品です。

客中行

蘭陵美酒鬱金香
玉椀盛来琥珀光
但使二主人能酔一レ客
不レ知何処是他郷

客中行《かくちゅうこう》　李白

蘭陵《らんりょう》の美酒《びしゅ》　鬱金香《うっこんこう》
玉椀《ぎょくわん》　盛《も》り来《き》たる　琥珀《こはく》の光《ひかり》
但《た》だ主人《しゅじん》をして能《よ》く客《かく》を酔《よ》はしむれば
知《し》らず　何《いず》れの処《ところ》か　是《こ》れ　他郷《たきょう》なるを

【口語訳】

蘭陵の美酒、その名は鬱金香。
玉杯にいっぱいに盛《も》ると、琥珀色にかがやく。
ただもうこの家の主人が、旅人の私を充分酔わせてくれさえすれば、
ここが他郷であろうがどこであろうが一向《いっこう》にかまわない。

「客中行」は、「旅行中の歌」の意味。李白が朝廷から遂放《ついほう》されて、山東地方を放浪していた頃の作です。

蘭陵美酒鬱金香　**蘭陵《らんりょう》の美酒《びしゅ》**　**鬱金香《うっこんこう》**
玉椀盛来琥珀光　**玉椀《ぎょくわん》**　**盛《も》り来《き》たる**　**琥珀《こはく》の光《ひかり》**

旅の途中、山東省嶧県《えきけん》の東に当たる蘭陵は、名酒の産地として知られ

る町です。「鬱金香」は、香草の名。祭に用いる酒をかもすのに用いる。茗荷《みょうが》に似た多年草。「琥珀光」は、酒が琥珀色をしているのです。玉椀に盛る蘭陵の美酒を「鬱金香」と「琥珀光」とによってみごとに描き出しています。

但使二主人能酔レ客　但《た》だ主人《しゅじん》をして能《よ》く客《かく》を酔《よ》はしむれば

不レ知何処是他郷　知《し》らず　何《いず》れの処《ところ》か　是《こ》れ　他郷《たきょう》なるを

「但」は、ひたすら、もっぱらの意味です。「主人」は、自分をもてなしてくれる人、「客」は、旅人である李白のことです。「他郷」は、よその町。異郷と同じです。酒で酔えさえすれば、どこであろうとかまわない、というのは、いかにも酒好きの李白らしいところですが、懐郷《かいきょう》の情はあえて歌わない李白なのです。

蘇台覧古

旧苑荒台楊柳新
菱歌清唱不レ勝レ春
只今唯有西江月
曽照呉王宮裏人

蘇台覧古《そだいらんこ》　李白

旧苑《きゅうえん》荒台《こうだい》　楊柳《ようりゅう》新《あら》たなり
菱歌《りょうか》清唱《せいしょう》　春《はる》に勝《た》へず
只今《ただいま》唯《た》だ有《あ》り　西江《せいこう》の月《つき》
曽《かつ》て照《て》らせり　呉王宮裏《ごおうきゅうり》の人《ひと》

【口語訳】
古い宮廷の庭園、荒れはてた高台のあたりには、楊柳が青々と鮮やかに繁っている。

どこからか流れてくる、清らかな声の菱採り歌を聞いていると、
春の憂いがつのる。
今は、蘇台に往時の面影はなくて、ただ西江の水面《みなも》に月が映《うつ》るばかりなのであるが、
かつてこの月は、呉王宮中の美人の西施を照らしていたのだった。

「蘇台」は姑蘇台のこと。春秋時代の呉王夫差《ごおうふさ》（前四九五―前四七三在位。闔閭《こうりょ》の子）が築いた高台です。現在の江蘇省蘇州市に遺跡があります。
「覧古」というのは、古跡をたずねて、当時をしのぶという意味です。

旧苑荒台楊柳新　**旧苑《きゅうえん》　荒台《こうだい》　楊柳《ようりゅう》　新《あら》たなり**

菱歌清唱不レ勝レ春　**菱歌《りょうか》　清唱《せいしょう》　春《はる》に勝《た》へず**

「旧苑」は、古びた園。「荒台」は、荒れはてた高台。この二語で、李

白が訪れた時の荒廃した姑蘇台を表現しています。「楊柳新たなり」は、ここでは、春になって青々と垂れさがる柳の色の鮮やかさをいいます。「菱歌」は、もとは菱の実を採りながら歌う民謡でしたが、宮廷歌にもなりました。唐代には、そのかつての宮廷歌を農村の女性たちが歌っているのです。「清唱」は、澄んだ声で歌うこと。「不勝春」は、悲しくて春の愁《うれ》いに堪えられないという意味です。

昔の荒れはてた高台には、柳が青々と繁って、その鮮やかな緑が却って高台の荒廃ぶりをあらわにしている、というのです。

只今唯有西江月　只今《ただいま》　唯《た》だ有《あ》り　西江《せいこう》の月《つき》
曾照呉王宮裏人　曽《かつ》て照《て》らせり　呉王宮裏《ごおうきゅうり》の人《ひと》

「只今唯だ有り」は、李白が佇《たたず》んでいる「今」という時を強調した表現で、まさに今は、ただ月があるのみの意味です。すなわち、かつての栄華は微塵も無く、西江の川面に映る月があるのみ、というのです。

「呉王宮裏人」は、絶世の美女、西施《せいし》のことです。呉王夫差に敗れた越王勾践は、国を明け渡し、絶世の美女西施を呉王に贈って、命乞いをしました（「会稽之恥《かいけいのはじ》」の故事）。夫差は姑蘇台を築いて奢《おご》り、西施を愛して油断している間に、越王勾践（?—前四六五）は、臥薪嘗胆《がしんしょうたん》二十年、ついに呉を破ったのでした。今はただ、川面を照らすだけのこの同じ月が、その昔は、かの絶世の美女を照らしていたのだなあ、と回想しているのです。

また、李白は、姑蘇台を訪れた前後に、かつての越の都の会稽《かいけい》に行き、越の都の往時を偲んでいます。それが、次の詩です。

越中懐古

越王勾践破レ呉帰
義士還レ家尽二錦衣一
宮女如レ花満二春殿一
只今唯有二鷓鴣飛一

越中懐古《えっちゅうかいこ》　　李白

越王勾践《えつおうこうせん》　呉《ご》を破《やぶ》つて帰《かえ》る
義士《ぎし》　家《いえ》に還《かえ》つて　錦衣《きんい》を尽《つ》くす
宮女《きゅうじょ》は花《はな》の如《ごと》く　春殿《しゅんでん》に満《み》つ
只今《ただいま》　唯《た》だ鷓鴣《しゃこ》の飛《と》ぶ　有《あ》るのみ

【口語訳】
越王勾践は、臥薪嘗胆二十年の忍苦の末、ついに呉を破って凱《がい》旋《せん》し、この戦いに忠節を尽くした戦士たちも、ことごとく錦を着て故郷に帰ってきた。

宮中の美女たちは咲き匂う花のごとく春の宮殿に満ちたものであったが、

ああ、それも今はただ鷓鴣がわびしく飛んでいるばかりである。

越王勾践破レ呉帰　**越王勾践《えつおうこうせん》　呉《ご》を破《やぶ》って帰《かえ》る**

義士還レ家尽二錦衣一　**義士《ぎし》　家《いえ》に還《かえ》って　錦衣《きんい》を尽《つ》くす**

「呉を破って帰る」つまり凱旋《がいせん》です。「義士」は、王に忠節を尽くして戦った兵士のことです。「錦衣」は、にしきのころも。王から下賜された豪華な衣裳。ちなみに、「故郷に錦を飾る」という故事は、『史記』「項羽本紀」、『三国志』「張既伝」、『梁書』「劉之遴伝」などにあります。

宮女如レ花満二春殿一　**宮女《きゅうじょ》は花《はな》の如《ごと》く　春殿《しゅんでん》に満《み》つ**

只今唯有二鷓鴣飛一　只今《ただいま》　唯《た》だ鷓鴣《しゃこ》の飛《と》ぶ　有《あ》るのみ

凱旋して活気を帯びて華やかな越の宮中のありさまを、想像しているのです。「只今唯有」は、「蘇台覧古」にもありました。「鷓鴣」は、「越《えっ》雉《ち》」ともいう小鳥で、斑鳩《いかる》に似た鳥の名です。

山中対酌　　山中対酌《さんちゅうたいしゃく》　　李白

両人対酌山花開　両人《りょうにん》　対酌《たいしゃく》すれば　山花《さんか》　開《ひら》く

一杯一杯復一杯　一杯《いっぱい》　一杯《いっぱい》　復《ま》た一杯《いっぱい》

我酔欲レ眠卿且去　我《われ》酔《よ》うて眠《ねむ》らんと欲《ほっ》す　卿《きみ》　且《しばら》く去《さ》れ

明朝有レ意抱レ琴来　明朝《みょうちょう》　意《い》有《あ》らば　琴《きん》を抱《いだ》きて来《き》たれ

【口語訳】

山の花咲くところでふたりは酒を酌み交わす。
一杯一杯更に又一杯と。
私は酔いが回って眠たくなったから、あなたはまあちょっと帰ってくれないか。
明日《あす》になって、また来たくなったら、琴を抱《かか》えて来ておくれ。

この詩の題は、別に「山中与㆓幽人㆒対酌（山中幽人と対酌す）」とも伝えられています。

両人対酌山花開　**両人**《りょうにん》　**対酌**《たいしゃく》**すれば**　**山花**《さんか》　**開**《ひら》**く**
一杯一杯復一杯　**一杯**《いっぱい》　**一杯**《いっぱい》　**復**《ま》**た一杯**《いっぱい》

「両人対酌すれば山花開く」を直訳すると、二人が酒を酌み交わすと、山の花が開いた、というわけですが、これは漢詩ならではの表現です。実際は、山の花咲いているところで、酒盛りをしているのです。「山花」は、山に咲く花で、特定の花の名ではありません。おそらく山つつじかもしれません。「一杯一杯復た一杯」は、盛んに酌み交わして朗《ほが》らかな様子がよく伝わってきます。同語の繰り返しという単純な表現が効果的です。

我酔欲レ眠卿且去　**我《われ》酔《よ》うて眠《ねむ》らんと欲《ほっ》す　卿《きみ》且《しばら》く去《さ》れ**

明朝有レ意抱レ琴来　**明朝《みょうちょう》意《い》有《あ》らば　琴《きん》を抱《いだ》きて来《き》たれ**

「卿」は、君。同じ位の人か、または下位の人を呼ぶ称。「且」は、まあちょっとの意。この二句は、気がねなく酔って、互いに自由にふるまい、あすは興が湧いたら、琴を弾じ、詩を作り合おうというのです。

『晋書』「陶淵明伝」に、「淵明若《も》し先に酔へば、便《すなわ》ち客《かく》に語《つ》げて曰《いわ》く、我酔うて眠らんと欲す、卿《きみ》去《さ》るべし……」とあります。

山中問答

問レ余何意栖ニ碧山一
笑而不レ答心自閑
桃花流水杳然去
別有三天地非ニ人間一

山中問答《さんちゅうもんどう》　李白

余《よ》に問《と》ふ　何《なん》の意《い》ありてか　碧山《へきざん》に栖《す》むと
笑《わろ》うて　答《こた》へず　心《こころ》　自《おのず》から閑《かん》なり
桃花《とうか》　流水《りゅうすい》　杳然《ようぜん》として　去《さ》り
別《べつ》に　天地《てんち》の人間《じんかん》に　非《あら》ざるあり

【口語訳】
ある者が、私に「どういうつもりで緑深い山に住んでいるのか」と尋ねた。

私は、笑って答えなかったが、心はおのずとのどかであった。
私のいるところは、桃の花が咲き、清らかな川が遥かかなたに
流れていて、
そこは俗世間とは異なった別天地なのである。

問レ余何意栖二碧山一　余《よ》に問《と》ふ　何《なん》の意《い》ありてか　碧山《へきざん》に栖《す》むと
笑而不レ答心自閑　笑《わろ》うて　答《こた》へず　心《こころ》　自《おのず》から閑《かん》なり

「碧山」は、木々の青々と繁った山。「笑うて答へず」は、答えは言わずとも知れたことと、微笑んでいるのです。心もちはゆったりと静かで、乱されていないのです。そして、その答えは、以下のとおり、桃花と流水とにより、きわめて印象強く述べられているのです。

桃花流水杳然去　桃花《とうか》　流水《りゅうすい》　杳然《ようぜん》として　去《さ》り
別有三天地非二人間一　別《べっ》に　天地《てんち》の人間《じんかん》に　非《あら》ざるあり

「桃花流水」は、陶淵明が「桃花源記」に描いた仙境と同じイメージです。「杳然」は、はるかなさま。「人間」は、ここは俗世間の意味です。桃の花咲くあたりを水源とする川ははるかかなたへと流れているというのです。そして、この山中こそまさしく「塵俗の人間界」からかけ離れた「別天地」、すなわち理想的な「別世界」だというのです。

次の詩は、玄宗皇帝が楊貴妃を伴って、牡丹の咲く宮殿（興慶宮《こうけいきゅう》）で宴を催したとき、にわかに李白を呼んで作らせた作品です。酒場で酔いつぶれていた李白は、酔いも醒《さ》めやらぬまま連れて来られて、即興でこの三首を詠んだと伝えられています。李白の四十二、三歳頃の作。

清平調詞　三首

一

雲想㆓衣裳㆒花想㆑容
春風払㆑檻露華濃
若非㆓羣玉山頭見㆒
会向㆓瑤台月下㆒遇

清平調詞《せいへいちょうし》　三首　李　白

雲《くも》には衣裳《いしょう》を想《おも》ひ　花《はな》には容《かたち》を想《おも》ふ
春風《しゅんぷう》　檻《かん》を払《はろ》うて　露華《ろか》　濃《こま》やかなり
若《も》し羣玉山頭《ぐんぎょくさんとう》に見《み》るに非《あら》ずんば
会《かなら》ず　瑤台月下《ようだいげっか》に向《お》いて　遭《あ》はん

【口語訳】

白い雲を見れば楊貴妃の華麗な衣裳を想い、牡丹を見れば楊貴妃のあでやかな美貌を想う。

春風が花壇に臨む沈香亭の欄干に吹いて、牡丹の花びらにとまる露の玉はきらきらと美しく輝く。

楊貴妃のような美人は、美しい仙女たちが住むという郡玉山の頂きか、

有娀《ゆうじゅう》氏の美女が住むという瑤台の月のもとでなければ会えないであろう（つまり、楊貴妃の美しさは、この世どころか、神仙界にも稀な美しさなのである）。

雲想㆓衣裳㆒花想㆑容　**雲《くも》には衣裳《いしょう》を想《おも》ひ　花《はな》には容《かたち》を想《おも》ふ**

春風払㆑檻露華濃　**春風《しゅんぷう》　檻《かん》を払《はろ》うて　露華《ろか》　濃《こま》やかなり**

「雲には衣裳を想ひ　花には容を想ふ」は、自然界の美しい雲や花から、楊貴妃の衣裳や美貌を連想させようとする、真逆の発想です。「想ふ」を二度も使うのも、この作品が楽府《がふ》という歌詞だからゆるされるの

です。同じ語の繰り返しは、リズミカルになって心地良く響くのです。「檻」は、欄干《らんかん》、手すりのことです。ここの「露華」は、露の玉の美しさを花にたとえて強調して言ったもので、これは、すぐ次の第二首の起句に活かされて、「一枝《いっし》の濃艶《のうえん》露《つゆ》　香《こう》を凝《こ》らす」となりますが、この句こそは、牡丹の花を描写しながら楊貴妃の濃艶な風情をも重ね合わせた絶唱の句なのです。さらに第一首の「春風」は、第三首にも登場し、牡丹と楊貴妃とは、春風がもたらす限りない愁いから解き放たれて、沈香亭の北の闌干《らんかん》に寄り添い憩う、という結びとなるのです。

若非二羣玉山頭見一　**若《も》し羣玉山頭《ぐんぎょくさんとう》に見《み》るに非《あら》ずんば**

会向二瑤台月下一遇　**会《かなら》ず瑤台月下《ようだいげっか》に向《む》いて遭《あ》はん**

「若」は、もし。「羣玉山」は、西王母《せいおうぼ》▽の住むという伝説の山（『山海経《せんがいきょう》▽』）。西王母は、古くは醜怪な容貌の仙人像でしたが、漢代の頃から次第に多くの仙女を従える美人の仙人像となりました。「頭」は、頂き。頂上。

「会」は、かならず。「向」は、場所を示す助辞。「瑶台」は、有娀氏《ゆうじゅうし》の女《むすめ》という仙女のいる高殿《たかどの》（『楚辞』「離騒」）。

つまりは、楊貴妃のような美人は、今の此の世にはおらず、神仙の世界ならいるかも知れない、というのです。それも西王母か有娀氏の女か、というくらい神仙界の中でも最高の美人という意味です。

▽西王母（せいおうぼ）
崑崙山《こんろんさん》に住み、不死の薬を持つといわれた、中国伝説上の美しい仙女。
▽『山海経』（せんがいきょう）
中国古代の地理書で、神話や伝説なども多く載せられている。成立年代不詳。十八巻

二

一枝濃艶露凝レ香
雲雨巫山枉断腸
借問漢宮誰得レ似
可憐飛燕倚二新粧一

一枝《いっし》の濃艶《のうえん》　露《つゆ》　香《こう》を凝《こ》らす
雲雨《うんう》巫山《ふざん》　枉《むな》しく断腸《だんちょう》
借問《しゃもん》す　漢宮《かんきゅう》　誰《たれ》か似《に》たるを　得《え》ん
可憐《かれん》の飛燕《ひえん》　新粧《しんしょう》に倚《よ》る

【口語訳】
ひと枝の濃艶な牡丹に露が香りを凝結させたような風情の楊貴妃。
（その牡丹のような美人を侍らせなさる玄宗皇帝の楽しみに比

べれば、）昔、巫山の神女と交わって断腸の思いをしたという楚の襄王など空しいものだ。

そこで、ちょっとお尋ねするが、漢の後宮の中では、いったい楊貴妃のような美人がいたであろうか。

それはまあ、かの愛らしい趙飛燕であろうが、それもまあ彼女が、化粧したての時くらいのものであろうか。

一枝濃艶露凝レ香　**一枝《いっし》の濃艶《のうえん》　露《つゆ》　香《こう》を凝《こ》らす**

雲雨巫山枉断腸　**雲雨巫山《うんうふざん》　枉《むな》しく断腸《だんちょう》**

「雲雨巫山」は、楚の襄王が、高唐（湖南省雲夢県にあった離宮）に遊び、昼寝をすると一人の美女が現われて楚王と契り、去る時に、「自分は巫山の神女である」と明かし、「朝には雲となり暮れには雨となり、朝々暮々陽台の下にいる」と言ったという故事（宋玉「高唐賦」）です。「枉」

は、むなしい。「断腸」は、悲痛な思い。

借問漢宮誰得レ似　借問《しゃもん》す　漢宮《かんきゅう》　誰《たれ》か似《に》たるを得《え》ん

可憐飛燕倚二新粧一　可憐《かれん》の飛燕《ひえん》　新粧《しんしょう》に倚《よ》る

「借問」ちょっとお尋ねしたい、の意味で、唐代の口語です。「漢宮」は、漢王朝の時代の後宮。「可憐」は、愛らしい。「飛燕」は、漢の成王の寵愛を享けた美人姉妹。趙飛燕。出身は低いが、美貌で身も軽く踊りの名手でした。「倚」は、たよる。美を自負する。「新粧」は、化粧をしたばかり。この第二首では、古のこの世の美人の中に、楊貴妃に並ぶ者がいるかどうかと、捜します。しかし、「巫山の神女」の例はともかく、「趙飛燕」は、成帝の死後、罰せられて自害した人だったので、後に、高力士の故意の曲解で、楊貴妃をそしったとされ、宮廷を追放される原因の一つとなりました。むろん、李白は単に美人比べをしただけなのでしたが。

三

名花傾国両相歓
常得㆓君王帯㆑笑看㆒
解㆓釈春風無㆑限恨㆒
沈香亭北倚㆓闌干㆒

名花《めいか》と傾国《けいこく》と　両《ふた》つながら相歓《あいよろこ》び
常《つね》に君王《くんおう》の笑《え》みを帯《お》びて　看《み》るを得《え》たり
春風《しゅんぷう》　限《かぎ》り無《な》き恨《うら》みを　解釈《かいしゃく》して
沈香亭北《じんこうていほく》　闌干《らんかん》に倚《よ》る

【口語訳】

名花の牡丹と絶世の美人と、共に天子の恩恵を亨けて歓《よろこ》び輝き、天子はいつまでもご満悦の微笑みを浮かべてご覧になっている。それゆえ名花と美人とは、春風が誘《いざな》う限りない春愁から解き放

たれて、
沈香亭の北側の欄干（手すり）にゆったりと寄りかかっている
のである。

名花傾国両相歓　**名花《めいか》と傾国《けいこく》と　両《ふた》つながら相歓《あいよろこ》び**
常得㆓君王帯㆑笑看㆒　**常《つね》に君王《くんおう》の笑《え》みを帯《お》びて看《み》るを得《え》たり**

「名花」は、牡丹。「傾国」は、絶世の美人のこと。ここは楊貴妃を指します。美人のことを、「傾国」「傾城」というのは、次の「参考」の漢の李延年の「歌」に拠っています。

参考

歌

北方有㆓佳人㆒
絶世而独立
一顧傾㆓人城㆒
再顧傾㆓人国㆒
寧不㆑知傾城与㆓傾国㆒
佳人難㆓再得㆒

李延年

北方《ほっぽう》に　佳人《かじん》有《あ》り
絶世《ぜっせい》にして　独立《どくりゅう》す
一顧《いっこ》すれば　人《ひと》の城《しろ》を傾《かたむ》け
再顧《さいこ》すれば　人《ひと》の国《くに》を傾《かたむ》く
寧《いずく》んぞ知《し》らざらん　傾城《けいせい》と傾国《けいこく》とを
佳人《かじん》は　再《ふたた》びは得《え》がたし

【口語訳】

北方に美女がいる。
世に並びなく独りきわだっている。
彼女が一度流し目をすれば町が傾き
二度流し目すれば国が傾く。
町が傾き国が傾くことがあってはならないことはだれもが
分かっているが、
しかし、いま失えばこれほどの美人は二度とは得られない。

「君王」は、玄宗皇帝を指します。牡丹も楊貴妃も、玄宗の寵愛を得て歓び輝いているのです。

解㆓釈春風無㆑限恨㆒　**春風《しゅんぷう》　限《かぎ》り無《な》き恨《うら》みを　解釈《かいしゃく》して**
沈香亭北倚㆓闌干㆒　**沈香亭北《じんこうていほく》　闌干《らんかん》に倚《よ》る**

「解釈」は、ときほぐす。「春風」は、そよそよとあたたかく恵みの風ですが、また同時に、「無限恨」すなわち、限りない春の愁いをもよおす風なのです。しかし、玄宗の寵愛をうけている楊貴妃には、春の愁いなどまったくない、というのです。「沈香亭」は、沈香の香木を用いて作った建物。「北」は、沈香亭の北側。牡丹園はその南側にあるのです。「倚闌干」は、手すりに寄りかかるという意味ですが、心にかなっているようすを表わします。楊貴妃の心地よく満ち足りているさまを言ったものです。

早発二白帝城一

朝辞白帝彩雲間
千里江陵一日還
両岸猿声啼不レ住
軽舟已過万重山

早《つと》に白帝城《はくていじょう》を発《はっ》す　李白

朝《あした》に辞《じ》す　白帝《はくてい》　彩雲《さいうん》の間《かん》
千里《せんり》の江陵《こうりょう》　一日《いちじつ》にして還《かえ》る
両岸《りょうがん》の猿声《えんせい》　啼《な》いて住《や》まざるに
軽舟《けいしゅう》　已《すで》に過《す》ぐ　万重《ばんちょう》の山《やま》

【口語訳】
朝早く、あかね雲のたなびく白帝城を船出して、
はるか千里もある下流の江陵まで、たった一日で帰る。

なにしろ名にし負う三峡の急流、両岸の猿の声がまだ鳴きやまない間に、
船足の早い船は、すでに万重の山々を通り過ぎているのである。

白帝城は、四川省重慶《じゅうけい》市《し》奉節県《ほうせつけん》の東。三峡の入り口の瞿唐峡《くとうきょう》に臨んだところの町。前漢末に、公孫述《こうそんじゅつ》が築いた城郭。三国時代、蜀の劉備《りゅうび》の歿した地です。

朝辞白帝彩雲間　朝《あした》に辞《じ》す　白帝《はくてい》　彩雲《さいうん》の間《かん》
千里江陵一日還　千里《せんり》の江陵《こうりょう》　一日《いちじつ》にして還《かえ》る

「辞す」は、去る意ですが、ここは船が出帆することです。「彩雲」は、朝日の朱色にそまる雲。朝焼け雲。「彩雲」は「白帝」と色彩的に対応しています。「江陵」は荊州府江陵県。白帝から江陵までは、千二百余里（五百キロ余り）あります。それをたった一日で帰る、というのはい

ささか誇張していますが、急流下りのスピード感を、「千里」と「一日」と数の対比で表わしています。

両岸猿声啼不レ住　両岸《りょうがん》の猿声《えんせい》　啼《な》いて住《や》まざるに
軽舟已過万重山　軽舟《けいしゅう》　已《すで》に過《す》ぐ　万重《ばんちょう》の山《やま》

白帝城からつづく三峡は、全長二百キロメートルあまりですが、両岸は高い絶壁の山になっています。当時は、猿が棲息していて、高く澄んで哀切を帯びた声が啼き響いたことでしょう。その猿の啼き声が耳に残っている間に、船はいくつもの山の間を通り過ぎていった、というのです。「軽舟」は、船足の早い舟のことです。送別の詩、旅の詩は、物悲しさを伴う作品が多いのですが、この詩は、むしろ、爽快感溢れた詩になっています。「千」「一」「万」の数字が巧みに配せられて、ダイナミックでスピード感抜群です。

次は、蘇州の景勝地、夜の寒山寺のほとりでの旅情を詠んだ詩です。旅愁の詩として殊に有名です。

楓橋夜泊

月落烏啼霜満レ天
江楓漁火対二愁眠一
姑蘇城外寒山寺
夜半鐘声到二客船一

楓橋夜泊《ふうきょうやはく》　張《ちょう》　継《けい》（？―七七九頃）

月《つき》　落《お》ち　烏《からす》　啼《な》いて　霜《しも》　天《てん》に満《み》つ
江楓《こうふう》　漁火《ぎょか》　愁眠《しゅうみん》に対《たい》す
姑蘇《こそ》　城外《じょうがい》　寒山寺《かんざんじ》
夜半《やはん》　鐘声《しょうせい》　客船《かくせん》に到《いた》る

【口語訳】

月は西空に沈み、烏が啼いて、霜の冷気が天に満ちる。
江岸の楓《かえで》の樹の間に漁火がちらちらと見えて、私は旅のうさに眠れずにいる。
この蘇州の町はずれには寒山寺があるが、
その寺院から夜半を告げる鐘の音が私がまどろんでいる船にまで響いてくる。

月落烏啼霜満㆑天　**月《つき》落《お》ち　烏《からす》啼《な》いて　霜《しも》　天《てん》に満《み》つ**
江楓漁火対㆓愁眠㆒　**江楓《こうふう》　漁火《ぎょか》　愁眠《しゅうみん》に対《たい》す**

「月落ち　烏啼いて　霜天に満つ」は、夜の深まりゆくさまを、月（視覚）、烏啼く（聴覚）、霜の冷気（触覚）で詠み上げています。「月落ち」は、月が沈むこと。その時刻は月齢によって違いますが、この詩では結句に「夜半」とあります。承句の「江楓　漁火　愁眠に対す」は、詩題の「楓橋夜泊」を詳細に描いた詩句です。「江楓」は、川辺の楓の木。「楓」は、唐楓《からかえで》で、葉はプラタナスの葉くらい大きくて、秋には黄土色または茶褐色に枯れます。「漁火」は、いさり火。魚を漁船の方へ誘い寄せるために焚く火。「愁眠」は、旅愁を抱きつつまどろむこと。

姑蘇城外寒山寺　　**姑蘇《こそ》　城外《じょうがい》　寒山寺《かんざんじ》**
夜半鐘声到二客船一　　**夜半《やはん》　鐘声《しょうせい》　客船《かくせん》に到《いた》る**

転句の「姑蘇　城外　寒山寺」は、この詩の眼目ですが、作者は、船の中でまどろみながら、寒山寺を想像しているのです。結句の「鐘声」をよりどころとして、寒山拾得▽ゆかりの寺院のイメージをふくらませているのです。「姑蘇」は、ここでは蘇州の旧名。「城外」は、町のはずれ。「寒山寺」は、蘇州の西郊、楓橋の近くにある寺院。唐代の詩僧寒山・拾得がかつてこの寺院に住んだことがあったので、寒山寺と称しています。結句の「夜半の鐘声　客船に到る」は、当時の寺院では、夜半に鐘を打つ習慣があったようです。

▽寒山・拾得（かんざん　じっとく）
二人ともに唐代中期の風狂の禅僧。天台山（浙江省）国清寺《こくせいじ》の豊干《ぶかん》禅師の弟子。三人を合わせて「三隠」「三聖」と称する。『三隠詩集』。

次は、天子の寵愛を失った宮廷の美人の嘆きを、「七言絶句の聖人」と呼ばれた王昌齢が詠んだ詩です。

西宮春怨

西宮春怨《せいきゅうしゅんえん》　王《おう》昌齢《しょうれい》

西宮夜静百花香

西宮《せいきゅう》　夜《よる》　静《しず》かにして　百花《ひゃっか》　香《かんば》し

欲レ捲二朱簾一春恨長
斜抱二雲和一深見レ月
朧朧樹色隠二昭陽一

朱簾《しゅれん》を捲《ま》かんと欲《ほっ》して　春《はる》の恨《うら》み長《なが》し
斜《なな》めに雲和《うんわ》を抱《いだ》いて　深《ふか》く月《つき》を見《み》る
朧朧《ろうろう》たる樹色《じゅしょく》　昭陽《しょうよう》を隠《かく》す

【口語訳】

天子のお出ましも絶えてしまったこの西宮では、夜も静かに更けて、数知れぬ花々の香りがただよってくる。

彼女は珠簾を巻き上げようとして、いっそう春の愁いが深くなる。

雲和の琵琶を抱きながら、部屋の中から遠い月をながめると、おぼろげな木蔭に昭陽殿のあたりは隠れて見えない。

「西宮」は、漢の長信宮。成帝（在位前三二—前七）の妃の班婕妤《はんしょうよ》が、趙飛燕《ちょうひえん》の姉妹に寵愛を奪われて、この宮殿に退いていました。この詩は、寵愛を失った宮女の春の夜の嘆きを歌ったものです。「怨」は、悲しみ、嘆きという意味です。

西宮夜静百花香　**西宮《せいきゅう》夜静《よるしず》かにして　百花《ひゃっか》香《かんば》し**

欲レ捲二朱簾一春恨長　**朱簾《しゅれん》を捲《ま》かんと欲《ほっ》して　春《はる》の恨《うら》み長《なが》し**

「朱簾」は、「珠簾」と同じく、玉を連ねて飾った美しいすだれのこと。簾を捲き上げさせたのは、気を晴らそうとするためだったのですが、逆に春の憂《うれ》いがつのってくるのでした。

斜抱二雲和一深見レ月　**斜《なな》めに雲和《うんわ》を抱《いだ》いて　深《ふか》く月《つき》を見《み》る**

朧朧樹色隠二昭陽一　**朧朧《ろうろう》たる樹色《じゅしょく》　昭陽《しょうよう》を隠《かく》す**

「斜めに抱く」は、琵琶をかかえ抱くことです。「雲和」は、本来は、琴の材料を出す山の名。それゆえ、古代は琴の意味でしたが、唐代では琵琶の意味にも用いました。「深く月を見る」というのは、部屋の中から遠くの月をながめているという意味なのです。「朧朧」は、「朦朧《もうろう》」と同じく、ぼんやりとおぼろげに、の意味です。「昭陽」は、趙飛燕の妹の昭儀を住まわせている宮殿、昭陽殿のことです。班婕妤が琵琶を抱いて、見るともなく月を見ていると、月あかりにおぼろに浮かぶ樹木が、かの昭陽殿を隠して見えなくしてしまっているのです。皇帝の寵愛《ちょうあい》を失った班婕妤の悲哀がいっそうつのるのでした。

西宮秋怨

芙蓉不レ及美人粧
水殿風来珠翠香
卻恨含レ情掩二秋扇一
空懸二明月一待二君王一

西宮秋怨《せいきゅうしゅうえん》　王　昌齢

芙蓉《ふよう》も及《およ》ばず　美人《びじん》の粧《よそおい》
水殿《すいでん》　風来《かぜきた》つて　珠翠《しゅすい》　香《かんば》し
卻《かえ》つて恨《うら》む　情《じょう》を含《ふく》んで　秋扇《しゅうせん》を掩《おお》ひ
空《むな》しく明月《めいげつ》を懸《か》けて　君王《くんおう》を待《ま》つを

【口語訳】
蓮の花のうつくしさも、この美しいお方（班婕妤）の装い姿にはおよばない。

池のほとりの御殿に風がそよいで、美人の髪飾りを香らせる。
だが、これほど美しいお方が、思いに沈んで秋扇でお顔を被って、
ただむなしく空にかかる明月に、君王のお出ましを待つ身の上とは（まことに悲しいことである）。

この詩も、同じく班婕妤を詠んでいますが、これは彼女の秋の夜の哀しみを歌っています。

芙蓉不レ及美人粧　**芙蓉《ふよう》も及《およ》ばず　美人《びじん》の粧《よそおい》**

水殿風来珠翠香　**水殿《すいでん》　風来《かぜきた》つて　珠翠《しゅすい》　香《かんば》し**

「芙蓉」は、蓮の花。「美人」は、西宮に住む班婕妤を指します。「水殿」は、池上に建てた宮殿。「珠翠」は、真珠や翡翠の髪飾りです。が、蓮の花をも挿しています。両句は、蓮の花の美しさと、それ以上に美し

い宮女とを描いています。この起・承の二句は、宮女（班婕妤）の美しさを際立たせています。そして、以下の転・結の二句で、その美人の悲哀の情を述べているのです。

卻恨含レ情掩二秋扇一　**卻《かえ》って恨《うら》む　情《じょう》を含《ふく》んで　秋扇《しゅうせん》を掩《おお》ひ**

空懸二明月一待二君王一　**空《むな》しく明月《めいげつ》を懸《か》けて　君王《くんおう》を待《ま》つを**

「卻」は、反対に、逆に、の意味をもつ副詞です。「恨」は、悲しい。「含情」悲しみを抱く。「掩秋扇」は、扇で顔を被う。「秋扇」は、秋になって不用となった扇。愛されなくなった女性を意味します。「空」は、意味もなく、むだに、の意味です。「懸明月」は、中空に月がある、という意味です。

この詩は、前半部の「美」から後半部の「悲」への落差が大きいのが印象的です。

王昌齢（六九〇頃―七五六頃）は、また辺塞詩《へんさいし》（国境を守る兵士の悲哀を詠んだ詩）の得意な詩人でした。

出塞

秦時明月漢時関
万里長征人未レ還
但使二龍城飛将在一
不レ教三胡馬度二陰山一

出塞《しゅっさい》

王昌齢

秦時《しんじ》の明月《めいげつ》　漢時《かんじ》の関《かん》
万里《ばんり》　長征《ちょうせい》　人《ひと》　未《いま》だ還《かえ》らず
但《た》だ龍城《りゅうじょう》の飛将《ひしょう》をして　在《あ》らしめば
胡馬《こば》をして　陰山《いんざん》を　度《わた》らしめざらんに

【口語訳】

あの明月が関門《かんもん》を照らしているのは、昔の秦漢以来のままである。

（それと同じく、秦漢以来、辺境の軍事状況は変わっていない。）

今なお万里の彼方への遠征はやまず、出征した者はいまだに還ることができないでいる。

もしも龍城の飛将軍と呼ばれた、あの漢の李広《りこう》のような名将が今の世にいてさえくれたならば、
胡《えびす》の兵馬どもに、陰山を越えて中国に侵入させないのになあ。


詩題の「出塞」は、国境を越えて出陣する意味。

秦時明月漢時関　**秦時《しんじ》の明月《めいげつ》　漢時《かんじ》の関《かん》**
万里長征人未レ還　**万里《ばんり》　長征《ちょうせい》　人《ひと》　未《いま》だ還《かえ》らず**

「秦時の明月」と「漢時の関」とは、互文形式という技法で、「秦漢以来の明月と関門」とを四言・三言に分けて表現したもので、「明月は秦漢の昔からこの関門を照らしている」という意味になります。
「万里」は、はるか遠くの意。「長征」は、遠い地に征伐しにゆく意。したがって、「万里長征人未還」は、この唐代になっても遠征はやまず、出征した者はいまだに帰って来ることができないという意味です。

但使㆓龍城飛将在㆒　**但《た》だ龍城《りゅうじょう》の飛将《ひしょう》をして在《あ》らしめば**

不㆑教㆔胡馬度㆓陰山㆒　**胡馬《こば》をして陰山《いんざん》を度《わた》らしめざらんに**

「但」は、ただ……だけでも、の意味の助字です。「龍城」は、匈奴《きょうど》が砂漠に設けた城。南北七里・東西三里、地形が龍に似ていたので、龍城と称しました。「飛将」は、「名将」と同じく、すぐれた将軍という意味です。匈奴は、漢の李広▽を畏《おそ》れて「飛将軍」と称したのでした。「教」は、「使」と同じく、使役の助字。「胡馬」は、北方の戎《えびす》の兵馬。「度」

は、わたる、越える。「陰山」は、山脈の名。内モンゴル自治区中部を東西に千二百キロ連なる、海抜二千メートル級の山脈。古来、北方異民族と漢民族との境界線で、戦場の地でした。

国境地帯を守るための出征は、秦漢の昔から今の唐代に至るまで続いており、その至難であることを、歴史的に回顧しながら、詠んでいるところに、この詩のスケールの大きさが伺えます。なお王昌齢の「辺塞詩」として、この詩は、特に代表的な作品です。

▽李広（り・こう）〈?—前一一九〉前漢の武将。李陵の祖父。文帝の時、しばしば匈奴《きょうど》を討って功を立て、匈奴から飛将軍と恐れられた。弓術にも優れていた。「思う念力岩をも通す」の故事は、『史記』「李広列伝」に拠る。

絶句

両箇黄鸝鳴㆓翠柳㆒
一行白鷺上㆓青天㆒
窗含西嶺千秋雪
門泊東呉万里船

絶句《ぜっく》

杜　甫

両箇《りょうこ》の黄鸝《こうり》　翠柳《すいりゅう》に鳴《な》き
一行《いっこう》の白鷺《はくろ》　青天《せいてん》に上《のぼ》る
窗《まど》には含《ふく》む　西嶺《せいれい》　千秋《せんしゅう》の雪《ゆき》
門《もん》には泊《はく》す　東呉《とうご》　万里《ばんり》の船《ふね》

【口語訳】
つがいの黄鸝《こうり》は、青柳の繁みに鳴き交わし、
一列の白鷺は、青空のかなたにのぼってゆく。

我が草堂の窓からは、西嶺《せいれい》の万年の雪が眺められ、
門先の船着き場には、万里へだたる東呉からはるばる来た船が
停泊している。

「絶句」とあるのは、「詩題」の項目のところで述べたように、とくに詩題をつけるほどでない場合に、詩の形式名の「絶句」を詩題としているのです。

両箇黄鸝鳴二翠柳一　**両箇《りょうこ》の黄鸝《こうり》　翠柳《すいりゅう》に鳴《な》き**
一行白鷺上二青天一　**一行《いっこう》の白鷺《はくろ》　青天《せいてん》に上《のぼ》る**

「両箇」は、ふたつ、二羽。ここは、雌雄つがいの鳥。「黄鸝」は、こうらいうぐいす。また、朝鮮うぐいすともいいます。日本のうぐいすよりも少し大きめの全身あざやかな黄色の鳥です。「翠柳」は、青々と繁る青柳。「一行の白鷺」は、数羽の鷺が一列に飛ぶ様子です。春の小鳥

たちの生き生きと生動しているさまを、対句仕立てに美しく動的に描いています。

窗含西嶺千秋雪　窗《まど》には含《ふく》む　西嶺《せいれい》　千秋《せんしゅう》の雪《ゆき》
門泊東呉万里船　門《もん》には泊《はく》す　東呉《とうご》　万里《ばんり》の船《ふね》

「窗」は、窓。ここは杜甫草堂の家の窓です。「西嶺千秋雪」は、西のかなたにある雪山で、万年雪が積もっている美しい山です。「門」は、草堂の門。門の前には、船着き場があって、「東呉万里船」、すなわち遠く呉の方からはるばる交易の船が来るというのです。この二句も対句仕立てになっており、結局この一首は全対格です。なおこの詩は、一幅の絵画を観ている印象が残ります。四句の構成は、近景・遠景・遠景・近景となっています。

解㆑悶

一辞㆓故国㆒十経㆑秋
毎㆑見㆓秋瓜㆒憶㆓故丘㆒
今日南湖采㆓薇蕨㆒
何人為覓鄭瓜州

悶《もん》を解《と》く　杜甫

一《ひと》たび故国《ここく》を辞《じ》して　十《と》たび秋《あき》を経《ふ》
秋瓜《しゅうか》を見《み》る毎《ごと》に　故丘《こきゅう》を憶《おも》ふ
今日《こんにち》　南湖《なんこ》　薇蕨《びけつ》を采《と》る
何人《なんぴと》か為《ため》に覓《もと》めん　鄭瓜州《ていかしゅう》

【口語訳】
ひとたび故郷を出てから、十たびの秋が過ぎた。
いつも秋の瓜を見るたびに故郷の丘を思い出すのだ。

今日は、南湖のほとりで、わらびを採っているが、瓜は見当たらない。
だれかあの私の友の鄭瓜州どのを連れて来てはもらえまいか。

一辞二故国一十経レ秋　一《ひと》たび故国《ここく》を辞《じ》して　十《と》たび秋《あき》を経《ふ》
毎レ見二秋瓜一憶二故丘一　秋瓜《しゅうか》を見《み》る毎《ごと》に　故丘《こきゅう》を憶《おも》ふ

「解悶」というのは、気のふさがりを晴らすために詠んだ詩という意味です。「故国」は、故郷を指します。「十たび秋を経」は、故郷を出てから十年が過ぎたという意味です。「秋」は、「年」と同義。「秋瓜」は、瓜は夏のものですが、これは秋に成る瓜。「秋瓜を見る毎《ごと》に故丘を憶ふ」というのは、昔、秦の東陵侯の邵平《しょうへい》が、秦が滅んで漢となってから、長安の東門外に瓜を植え、それを売ってくらしていたという故事がありますが、その地が、杜甫の郷里に近かったので、杜甫は、秋の瓜を見ると、故郷を懐かしむというのです。「故丘」は、故郷の丘。

今日南湖采㆓薇蕨㆒　**今日《こんにち》　南湖《なんこ》　薇蕨《びけつ》を采《と》る**

何人為覓鄭瓜州　**何人《なんぴと》か為《ため》に覓《もと》めん　鄭瓜州《ていかしゅう》**

「今日」というのは、杜甫は、この時、大暦元年（七六六）、五十五歳で、夔州《きしゅう》に滞在していました。「南湖」は、夔州の町の南にある湖。「薇蕨」は、山菜のわらびとぜんまい。隠者風のくらしを意味しています。「覓」は、求める。「鄭瓜州」は、杜甫の友人の鄭審を指します。彼の故郷の家が長安城南の瓜州村にあったので、このように呼んだのでしょう。「本物の瓜がないならば、せめて瓜の名のつく、友の鄭瓜州を連れてきてくれたまえ」、と洒落ているのです。一首の中に、「秋」「故」「瓜」を二回ずつ用いているのも洒落のひとつと言えます。

書堂飲既夜復邀㆓李尚書㆒下㆑馬月下賦

書堂《しょどう》に飲《の》み、既《すで》に夜《よる》にして復《ま》た李尚書《りしょうしょ》を邀《むか》へ、
馬《うま》より下《お》りて月下《げっか》に賦《ふ》す

杜　甫

湖月林風相与清
残尊下㆑馬復同傾
久拚㆔野鶴如㆓双鬢㆒
遮莫鄰雞下㆓五更㆒

湖月《こげつ》　林風《りんぷう》　相与《あいとも》に清《きよ》し
残尊《ざんそん》　馬《うま》より下《お》りて　復《ま》た同《おな》じく傾《かたむ》けん
久《ひさ》しく野鶴《やかく》の双鬢《そうびん》の如《ごと》く　なるに拚《まか》す
遮莫《さもあらば》あれ　鄰雞《りんけい》の五更《ごこう》を　下《つ》ぐるを

【口語訳】

湖上の月と木立の風と、ともに清らかなこの夜。まあ馬から下りて、もっと残りの酒樽をいっしょにかたむけようよ。

私の頭髪はずっと前から鶴のように白髪になってしまっているが、ままよ、隣の鶏が夜明けを告げようとて構うことはない、大いに飲もうよ。

書堂飲、既夜復邀二李尚書一下レ馬月下賦

書堂《しょどう》に飲《の》み、既《すで》に夜《よる》にして復《ま》た李尚書《りしょうしょ》を邀《むか》へ、

馬《うま》より下《お》りて月下《げっか》に賦《ふ》す

この詩の題はちょっと長いですが、杜甫が夔州《きしゅう》（四川省）を去って、江陵（湖北省）に滞在していた時の作です。胡という友人の書斎で、四人の友人たちと酒を飲んだが、夜になってまた友人の李と飲みたくなったので、彼を迎えに行って連れてきて、馬から下りて月の下、二人で飲みながら、この詩を作ったという意味です。
「書堂」は書斎。「李尚書」は、杜甫の友人、李芳。「尚書」は官名で、大臣のことです。「邀」は、迎えるという意味です。

湖月林風　相与清　　**湖月《こげつ》　林風《りんぷう》　相与《あいとも》に清《きよ》し**
残尊下レ馬復同傾　　**残尊《ざんそん》　馬《うま》より下《お》りて　復《ま》た同《おな》じく傾《かたむ》けん**

「湖月」は、湖水に映った月。「林風」は、木立を吹き抜けてくる清風。「残尊」は、酒樽に残った酒。「尊」は「酒樽」のことです。

久拚三野鶴如二双鬢一　　**久《ひさ》しく野鶴《やかく》の双鬢《そうびん》の如《ごと》くなるに拚《まか》す**
遮莫鄰雞下二五更一　　**遮莫《さもあらば》あれ　鄰雞《りんけい》の五更《ごこう》を下《つ》ぐるを**

「拚」は、「まかす」と読み、うち捨てておく、という意味です。「野鶴」は、野山に住む鶴。官に仕えず、世を避けかくれている人のたとえに用いられることばですが、ここは杜甫自身の白髪を鶴の白い羽根にたとえたものです。「双髩」は「両鬢」と同じく頭髪のことです。この第三句（転句）目は、頭髪が鶴のように白くなった、と言おうとしているのですから、「双髩如野鶴（双髩の野鶴の如くなる）」が正しいのですが、わざと「野鶴如双髩」と倒置して意味を強調し、且《か》つまた、「野鶴」を、第四句（結句）の「鄰雞」と同じ位置に据《す》えて、対《つい》にしているのです。

「遮莫」は、「さもあればあれ」と読み、ままよ、どうにでもなれの意味です。「鄰雞」は、隣家のにわとり。「下」は、時を告げること。唐代の口語です。「五更」は、夜明けの時刻。およそ午前四時頃。漢代以降、一夜を五つに区分し、初更・二更・三更・四更・五更としました。

心通い合う友人と飲む酒は、飲むほどに酔うほどに、痛快であったことでしょう。杜甫は孤愁の詩人のように思われがちですが、人一倍、人恋うる人であり、人間愛に満ちた詩人でした。

江南送㆓北客㆒因憑寄㆓徐州兄弟書㆒

江南《こうなん》にて北客《ほっかく》を送《おく》り、因《よ》りて憑《たの》みて徐州《じょしゅう》の兄弟《けいてい》に書《しょ》を寄《よ》す

白 居易

故園望断欲㆓何如㆒
楚水呉山万里余
今日因㆑君訪㆓兄弟㆒
数行郷涙一封書

故園《こえん》 望《のぞ》み断《た》つて 何如《いかん》せんとする
楚水《そすい》 呉山《ござん》 万里余《ばんりよ》
今日《こんにち》 君《きみ》に因《よ》りて 兄弟《けいてい》を訪《と》ふ
数行《すうこう》の郷涙《きょうるい》 一封《いっぷう》の書《しょ》

【口語訳】

ふるさとは遠く離れていて見えないけれど、どうしようもない。この江南の地は、楚の川や呉の山に遮《さえぎ》られ、一万里も隔たっているのだから。
ところが、今日はあなたのおかげで兄弟たちと会うことができた。
そこで、ぽろぽろ流れ落ちる望郷の涙をこの封書にこめて兄弟たちに送ってもらうことにした。

唐の徳宗の貞元二年（七八六）の作。白居易は、十五歳。当時、生地の鄭州《ていしゅう》（河南省）が戦乱状態であったため、白居易は避難させられて、独り、はるか遠くの江南の蘇州・杭州にいました。父は、徐州（江蘇省銅山県）の役人であったので、他の兄弟たちは徐州の父のもとにいたのでした。

戦乱の中、故郷を遠く離れて、独りで暮らすさびしさ。兄弟たちの身の上を案じる情感がにじみ出た作品です。

詩題の「江南」は、蘇州・杭州のあたりを指しますが、ここは白居易が当時、住んでいた地を指します。「北客」は、北から来た旅人の意味ですが、ここは徐州から来た人を意味します。「憑」は、頼む、依頼するの意味。「寄書」は、手紙を送ることです。そこで詩題の意味は、「江南の地に居て、北の徐州から来てすぐまた徐州に帰る旅人を見送るにあたって、その旅人に徐州にいる兄弟たちへの手紙を頼んだ」ということです。

故園望断欲㆓何如㆒　**故園《こえん》　望《のぞ》み断《た》つて　何如《いかん》せんとする**

楚水呉山万里余　**楚水《そすい》　呉山《ござん》　万里余《ばんりよ》**

故園は、ふるさとの庭。転じて、故郷。ここでは、家族のいる徐州を指します。「望断」は、はるか遠くで見えないという意。「欲する」は、…をしようとする。「何如」は、ここは「いかんせん」と読み、どうしようか、という疑問を表します。「楚水・呉山」は、この江南の地、すなわち揚子江一帯を指します。昔の古い地名の楚・呉を用いて自分が遠い南の地にいることを強調しているのです。「万里余」は、「万余里」と同じく、距離の隔たっていることを数的に強調したものです。押韻の都合上、「万里余」と語を入れ替えたのです。

今日因レ君訪二兄弟一　**今日《こんにち》　君《きみ》に因《よ》りて　兄弟《けいてい》を訪《と》ふ**

数行郷涙一封書　**数行《すうこう》の郷涙《きょうるい》　一封《いっぷう》の書《しょ》**

「君」は、徐州へ帰る旅人を指します。「兄弟を訪ふ」は、手紙という手段によって、兄弟たちに自分の思いを伝える、という意味です。「数行」は、頬を伝う涙のこと。「郷涙」は、故郷恋しさに流れる涙の意味です。「封書」は、手紙。はらはら流れる涙と一通の手紙。この「数行郷涙」と「一封書」とは、一句の中で数字上の対句表現になっています。

望郷の切ない思いが、平易な表現で、簡潔にしかも印象鮮明に詠み上げられています。

秋雨中贈㆓元九㆒

秋雨《しゅうう》の中《なか》、元九《げんきゅう》に贈《おく》る

白居易

不㆑堪紅葉青苔地
又是涼風暮雨天
莫㆑怪独吟秋思苦
比㆑君校近二毛年

堪《た》へず　紅葉《こうよう》　青苔《せいたい》の地《ち》
又是《またこ》れ　涼風《りょうふう》　暮雨《ぼう》の天《てん》
怪《あや》しむ莫《なか》れ　独吟《どくぎん》　秋思《しゅうし》の苦《くる》しきを
君《きみ》に比《ひ》して　校近《ややちか》し　二毛《にもう》の年《とし》

【口語訳】

紅葉が散って、緑濃い苔に敷き詰めた地を見ては愁いにたえられない。

そのうえにまた、肌寒い秋風が吹き、夕しぐれの空だからなおさらつらい。

私がこんなに秋思のつらさを詠うのを不思議がらないでくれ。

私の方が君よりも白髪交じりになる年がいささか近いのだよ。

右の詩は、貞元十九年（八〇三）、白居易三十二歳の時の作です。「元九」は、元稹《げんしん》（七七九―八三一）のこと。字は、微之《びし》。「九」は、「排行《はいこう》」といって、一族中の同世代の兄弟従兄弟たちの年齢順を意味する数字です。元稹は、八〇三年に、試判抜萃科《しはんばっすいか》（高級官僚試験）に首席で合格（白居易は次席で合格）。白居易より七歳年下でしたが、ふたりは、無二の親友でした。

不レ堪紅葉青苔地
又是涼風暮雨天

堪《た》へず　紅葉《こうよう》　青苔《せいたい》の地《ち》
又是《またこ》れ　涼風《りょうふう》　暮雨《ぼう》の天《てん》

はじめにいきなり「堪えず」とあって、なんだろうと驚かされますが、これは、この起句と承句との二句で描かれている情景について、堪えがたく悲しいと言っているのです。転句にある「秋思の苦しき」は、この一、二句に描かれた情景からの愁いを指しているのです。緑の苔に紅葉が散りかかっている景は、実に美しいのですが、中国の詩人にとって秋は、もの悲しいどころではなく、悲痛な思いにかられるものなのです。それが、次の句の「涼風　暮雨の天」によって、具体的に秋の悲哀を詠み込まれているのです。「涼風」は、秋風で、中国の秋風は、寒々として肌寒いものです。その上、夕暮れ時の雨が降っているのですから、なおのこと愁いに堪えないのです。

莫レ怪独吟秋思苦　怪《あや》しむ莫《なか》れ　独吟《どくぎん》秋思《しゅうし》の苦《くる》しきを

比レ君校近二毛年　君《きみ》に比《ひ》して　校近《ややちか》し　二毛《にもう》の年《とし》

「怪しむ莫れ」は、ふしぎに思わないでくれ、の意味。「独吟」は、この詩自体を指しているのです。「秋思」は、「悲秋」と同じく、秋の堪えがたい愁い。更には、志が遂げられず、むなしく歳をとることの歎きを含んでいます。「校近し」の「校《やや》」は、差、差違のこと。ここは、君に比べて私の方が白髪交じりの年齢になるのが早いという意味です。時に白居易は三十二歳、元稹は二十五歳。「二毛年」は、晋の潘岳《はんかく》の「秋《しゅう》興《きょうの》賦《ふ》」に「晋十有四年、余は春秋三十有二、始めて二毛を見る」とあるのに拠っています。「二毛《にもう》の嘆《たん》」ともいわれ、「嘆老《たんろう》」を意味します。

前の二句で、秋の美しくももの悲しい自然を描写して、後半の二句で、「嘆老」の思いを直情的に一気に述べているのです。起句の「不堪」、転句の「莫怪」が、親友へのストレートな物言いで、なかなか面白い作品です。

戯題㆓新栽薔薇㆒

戯《たわむ》れに新《あら》たに栽《う》ゑし薔薇《ばら》に題《だい》す　白居易

移㆑根易㆑地莫㆓憔悴㆒
野外庭前一種春
少府無㆑妻春寂寞
花開将㆑爾当㆓夫人㆒

根《ね》を移《うつ》し　地《ち》を易《か》ふるも　憔悴《しょうすい》する莫《なか》れ
野外《やがい》　庭前《ていぜん》　一種《いっしゅ》の春《はる》
少府《しょうふ》　妻《つま》　無《な》くして　春《はる》　寂寞《せきばく》
花開《はなひら》かば　爾《なんじ》を将《も》つて　夫人《ふじん》に当《あ》てん

【口語訳】

薔薇よ、わが家の庭に移植したからといって、がっかりして衰《おとろ》えてはいけないよ。
野であろうと庭であろうと、どこも同じ春なのだから。
盩厔《ちゅうちつ》の県尉の私は妻がないから、せっかくの春もさびしいことだ。
だから薔薇よ、そなたが咲いたならば、私の妻にしてやろうよ。

戯題二新栽薔薇一　戯《たわむ》れに新《あら》たに栽《う》ゑし薔薇《ばら》に題《だい》す

この詩は、元和元年（八〇六）、白居易三十五歳の時の作です。
「戯」は、遊び心に、という意味。「題」は、詩を板や壁などに記すこと。白居易は、みずから花卉《かき》を植えて鑑賞するのを好んだ詩人でした。

移レ根易レ地莫二憔悴一　根《ね》を移《うつ》し地《ち》を易《か》ふるも憔悴《しょうすい》する莫《なか》れ

野外庭前一種春　**野外《やがい》　庭前《ていぜん》　一種《いっしゅ》の春《はる》**

「憔悴」は、やせ衰える意ですが、この詩は、植え替えた薔薇の木を自分と等身大に見て、人に語りかけると同じように語りかけているのです。「野外」と「庭前」と対句的に表現していますが、ここは、野原にあった薔薇の苗木を掘って自邸の庭に植え替えたのです。「一種」は、「同一」の意味です。

少府無レ妻春寂寞　**少府《しょうふ》　妻《つま》無《な》くして　春《はる》　寂寞《せきばく》**
花開将レ爾当二夫人一　**花開《はなひら》かば　爾《なんじ》を将《も》って夫人《ふじん》に当《あ》てん**

「少府」は、県尉の異名。当時白居易は、盩厔《ちゅうちつ》県（長安の西の県）の県尉（警察官長）でした。この頃はまだ、独身で、この後まもなく楊氏と結婚しました。「夫人」は、貴人の妻のこと。薔薇への愛着をユーモアたっぷりに表現した作品です。

白居易▽は、花を愛し、花を自身と等身大に想って、語りかける詩人でした。

▽白 居易（はく・きょい）〈七七二―八四六〉
字《あざな》は楽天。号は香山居士《こうざんこじ》。山西省太原の人。その詩は、諷諭《ふうゆ》（社会・政治のあやまちをそれとなくさとす）をもって生命とし、また閑適（心しずかに自足の境地を求める）の境地を目ざした。平易で流暢《りゅうちょう》な表現を尊んだ。「長恨《ちょうごん》歌《か》」「琵琶行《びわこう》」「新楽府《しんがふ》」が特に有名。日本の平安時代以降の文学に多大な影響を及ぼした。『白氏文集《はくしぶんしゅう》』。

次の「白牡丹」は、元和九年（八一四）、四十三歳、白居易は、亡き母の喪に服した後に、閑職の太子左賛善大夫に就任しましたが、名ばかりの職への不満な気持ちを、白牡丹への同情とともに詠んでいます。ちなみに、牡丹は、則天武后以来、花王として珍重されましたが、ことに紅色が好まれ、白牡丹は一般には好まれなかったのです。

白牡丹

白花冷淡無二人愛一
亦占二芳名一道二牡丹一
応レ似四東宮白賛善
被三人還喚二作朝官一

白牡丹《はくぼたん》　白居易

白花《はくか》は冷淡《れいたん》にして　人《ひと》の愛《あい》する無《な》きも
亦《ま》た芳名《ほうめい》を占《し》めて　牡丹《ぼたん》と道《い》ふ
応《まさ》に東宮《とうぐう》の白賛善《はくさんぜん》の
人《ひと》に還《ま》た朝官《ちょうかん》と喚《よ》び作《な》さるるに
似《に》たるべし

【口語訳】
白牡丹よ、そなたは白色という淡泊で見栄えがしない花なので、
人々から珍重されないが、

けれども、りっぱな名前をもっていて、牡丹と呼ばれているよね。
ちょうどそれは、私が太子左賛善大夫という閑職にいながら、人々から中央官僚と呼ばれているのとおなじようなもの。
(お互い名前ばかりで哀れな身の上だよね)。

白花冷淡無㆓人愛㆒　**白花《はくか》は冷淡《れいたん》にして　人《ひと》の愛《あい》する無《な》きも**

亦占㆓芳名㆒道㆓牡丹㆒　**亦《ま》た芳名《ほうめい》を占《し》めて　牡丹《ぼたん》と道《い》ふ**

この起句と承句では、白牡丹を詠んでいます。「紅牡丹」は世間の人々に好まれるが、「白牡丹」は淡泊で見栄えがしない花として好まれなかった。白牡丹も紅牡丹と同じ牡丹なのに愛されないのはかわいそうだね、と同情しているのです。

応㆑似㆕東宮白賛善　**応《まさ》に東宮《とうぐう》の白賛善《はくさんぜん》の**

被㆔人還喚㆓作朝官㆒　人《ひと》に還《ま》た朝官《ちょうかん》と喚《よ》び作《な》さるるに似《に》たるべし

そして、転句と結句では、白居易自身の身の上を詠んでいます。いまの自分は、「太子左賛善大夫」という中央官僚ではあるが閑職である。名前ばかりりっぱで愛好されないところは、「白牡丹」も「白賛善」も同じだね、と自嘲を込めて洒落ているのです。自身の姓の「白」を白牡丹の「白」に効かして「白賛善」としたのでした。なお、白居易自身は、白牡丹が好きで、みずから庭に植えて、折々に自身の分身のように心を寄せた詩を詠んでいます。

次の詩は、元和十五年（八二〇）白居易四十九歳、忠州刺史から長安へ召喚されることとなり、その折り、彼が官舎の庭に植えて、日頃親しみ育ててきた花樹たちとの別れを詠んだものです。忠州は、今の四川省忠県のあたりです。

別㆘種㆓東坡㆒花樹㆖　両絶

東坡《とうは》に種《う》ゑし花樹《かじゅ》と別《わか》る　両絶《りょうぜつ》　白居易

二年留滞在㆓江城㆒
草樹禽魚尽情有
何処殷勤重回㆑首
東坡桃李種新成

二年《にねん》　留滞《りゅうたい》して　江城《こうじょう》に在《あ》り
草樹禽魚《そうじゅきんぎょ》　尽《ことごと》く　情《じょう》　有《あ》り
何《いず》れの処《ところ》にか　殷勤《いんぎん》に重《かさ》ねて　首《こうべ》を回《めぐ》らさん
東坡《とうは》の桃李《とうり》　種《う》ゑて新《あら》たに成《な》る

【口語訳】

私は忠州の町に二年間滞留したので、

この町の草・木・鳥・魚のすべてに情が通《かよ》い合《あ》っている。（いまこの町を離れるにあたり）とりわけ心を込めて何度も振り返り見たいのは、私が東の坡《つづみ》に植えて、やっと大きく成長した桃と李の木々たちなのである。

地方官の任期は、一期二年で、原則二期勤めることになっていましたが、この時のように一期だけの場合もありました。

二年留滞在㆓江城㆒　**二年《にねん》　留滞《りゅうたい》して　江城《こうじょう》に在《あ》り**

草樹禽魚尽情有　**草樹禽魚《そうじゅきんぎょ》　尽《ことごと》く　情《じょう》　有《あ》り**

「二年」というのは、任期期間のことです。「留滞」は、その地に留まる。「江城」は、長江の近くの町。「草樹禽魚」は、植物・動物。この地の生き物すべてに情が湧き、情の交流があるというのです。まさに白居易の詩人としての真骨頂を示した表現です。草木鳥魚のすべてに親しみの情を覚えるのですが、別れに際してとりわけ名残惜しいものは何かというと、その答えが結句に示されるのでした。

何処殷勤重回レ首　何《いず》れの処《ところ》にか　殷勤《いんぎん》に重《かさ》ねて　首《こうべ》を回《めぐら》さん
東坡桃李種新成　東坡《とうは》の桃李《とうり》　種《う》ゑて新《あら》たに成《な》る

「殷勤」は、心を込めての意。「回首」は、振り返り見る。つまり「心残りがして振り返り見たいところのものは」という、意味になります。「東坡」は、官舎の東側の日当たりの良い土手。「新成」は花を咲かせられるほどに成長したばかりの意味です。みずからの手で植えて育った桃・李の花樹をこよなく愛する白居易。第二首では、この花樹たちを、まるで心親しい友であるかのように思い、語りかけているのです。

聞㆔白楽天左㆓降江州司馬㆒

白楽天《はくらくてん》の江州司馬《こうしゅうしば》に左降《さこう》せられしを聞《き》く

元《げん》　稹《しん》

残灯無㆑焔影幢幢
此夕聞㆔君謫㆓九江㆒
垂死病中驚坐起
暗風吹㆑雨入㆓寒窗㆒

残灯《ざんとう》　焔《ほのお》無《な》く　影《かげ》幢幢《とうとう》
此《こ》の夕《ゆうべ》　君《きみ》が九江《きゅうこう》に　謫《たく》せられしを聞《き》く
垂死《すいし》の病中《びょうちゅう》　驚《おどろ》いて　坐起《ざき》すれば
暗風《あんぷう》　雨《かぜ》を吹《ふ》いて　寒窗《かんそう》に入《い》る

【口語訳】

消え残りのともし火は、炎もあげず、ほの暗い火影がゆらゆらとゆれている。

この夜更け、思いがけず、君が九江に流されたということを伝え聞いた。

私はあすをもしれぬ病の中であったが、驚きのあまり、思わず起き上がって、床の上に座りなおすと、

おりしも暗い夜風が、雨混じりとなって、破れ窓から吹き込むのであった。

元和十年（八一五）、白居易（四十四歳）は、朝廷内の権力争いの巻き添えを食らい、江州（江西省九江）の司馬（州の次官）に左遷されました。その頃、元稹▽（七七九—八三一）は、江陵から通州（四川省）司馬に左遷

されており、療養中でしたが、親友の左遷に驚き傷んでこの詩を作りました。「左降」は、「左遷」の意味です。

残灯無レ焰影幢幢　残灯《ざんとう》焰《ほのお》無く　影《かげ》幢幢《とうとう》
此夕聞三君謫二九江一　此《こ》の夕《ゆうべ》君《きみ》が九江《きゅうこう》に謫《たく》せられしを聞《き》く

「残灯」は、消えかかったともし火。「焰」は、「炎」と同じ。火心。灯の赤い部分。「影」は、ここは火影の意味。「幢幢」は、炎が揺れるさま。「謫」は、流罪になること。消えかかったともし火の描写に、親友の不遇の身を案じる不安な心境が投影されています。

垂死病中驚坐起　垂死《すいし》の病中《びょうちゅう》驚《おどろ》いて坐起《ざき》すれば
暗風吹レ雨入二寒窗一　暗風《あんぷう》雨《かぜ》を吹《ふ》いて寒窗《かんそう》に入《い》る

「垂死」は、いまにも死にそうな、の意です。元稹は、任地の通州に到着してまもなく重病に陥っていたのでした。「暗風」は、暗夜の風。「吹雨」は、「雨を吹く」。つまり、風が雨交じりになることで、いっそうわびしさがまします。「寒窗」は、破れ窓の意味です。

この詩は、元稹が重い病の身でありながら、親友の悲運な運命に心を痛める友情を詠んだもので、後日、白楽天は元稹にあてた手紙に「吟ずる毎《ごと》に猶《な》ほ惻々《そくそく》たるのみ（身にしみてこの詩に感動した）」と記してあります。

▽元 稹（げん・しん）〈七七九―八三一〉
字《あざな》は微之《びし》。白居易の生涯の親友。科挙の試験は、元稹が一位。白居易が二位だった。『元氏長慶集』。

得㆓楽天書㆒　元稹

遠信入㆑門先有㆑涙
妻驚女哭問㆓何如㆒
尋常不㆓省曽如㆒㆑此
応㆓是江州司馬書㆒

楽天《らくてん》の書《しょ》を得《え》たり　元稹

遠信《えんしん》　門《もん》に入《い》りて　先《ま》づ涙《なみだ》有《あ》り
妻《つま》は驚《おどろ》き　女《むすめ》は哭《な》きて　何如《いかん》と問《と》ふ
尋常《じんじょう》は　省曽《かつ》て　此《か》くの如《ごと》くならざりき
応《まさ》に是《こ》れ江州《こうしゅう》の司馬《しば》の書《しょ》なるべし

【口語訳】
遠方からの使者が我が家に到着して、手紙を受け取ると、たちまち涙があふれでた。

妻は驚き、娘は泣きだして、私にいったいどうしたのかとたずねる。
（私がなにも答えないので、妻は、きっとこう思ったことであろう）あなたは、ふだんは一度もこんなに取り乱したことはなかったのに、
きっと手紙は、江州に流された楽天さんからのものにちがいない、と。

「楽天の書を得たり」は、「白楽天からの手紙を受け取って」の意味です。元稹は、任地の通州で、江州に左遷された親友からの手紙を受け取ったのでした。共に左遷の身の上ですが、元稹は、すでに六年も左遷の身ですから、白楽天を思いやる心はひとしおなのです。

遠信入レ門先有レ涙

遠信《えんしん》　門《もん》に入《い》りて　先《ま》づ涙《なみだ》有《あ》り

妻驚女哭問㆓何如㆒　妻《つま》は驚《おどろ》き　女《むすめ》は哭《な》きて　何如《いかん》と問《と》ふ

「遠信」は、遠くからの手紙。また「信」は、手紙の意味だけでなく、手紙を届ける使者の意味もあります。ここは、妻や女の子たちの行動を述べることで、手紙を受け取った作者の喜びと同情と悲嘆する様子が、客観的かつよりリアルに描き出されているのです。

尋常不㆓省曾如㆑此　尋常《じんじょう》は　省曾《かつ》て　此《か》くの如《ごと》くならざりき

応㆓是江州司馬書㆒　応《まさ》に是《こ》れ江州《こうしゅう》の司馬《しば》の書《しょ》なるべし

ここからは、驚いた妻の立場にたって、妻はきっと以下のように思ったことであろう、と詠んでいます。この客観的な手法によって、親友の書を手にした元稹の悲喜こもごもの心情とその様子が、より立体的に読みとれるようになっています。「尋常」は、ふだん。「省曽」は、この二字で、「かつて」と読み、今までに、の意です。「応」は、まさに……べし。きっと……にちがいない、の意味です。

僧院

虎渓間月引相過

帯レ雪松枝掛二薛蘿一

無レ限青山行欲レ尽

白雲深処老僧多

僧院《そういん》　釈《しゃく》霊一《れいいつ》（七二七―七六二）

虎渓《こけい》　間月《かんげつ》　引《ひ》いて　相過《あいす》ぐ

雪《ゆき》を帯《お》ぶる松枝《しょうし》　薛蘿《へいら》を掛《か》く

限《かぎ》り無《な》き青山《せいざん》　行《ゆ》くゆく尽《つ》きんとして

白雲《はくうん》　深《ふか》き処《ところ》　老僧多《ろうそうおお》し

【口語訳】

虎渓を照らすしずかな月光に引かれて、覚えず谷川を渡ってしまった。

月光に映えて雪を帯びたかのような松の枝には、まさきのかずらが掛かっている。

どこまでも続くと見えた青山も、やがて尽きようとするとき、白雲が深くたちこめるあたりには、老僧たちが多くいる。

虎渓間月引相過　**虎渓《こけい》　間月《かんげつ》　引《ひ》いて相過《あいす》ぐ**

帯レ雪松枝掛二薛蘿一　**雪《ゆき》を帯《お》ぶる松枝《しょうし》　薛蘿《へいら》を掛《か》く**

「虎渓」は、廬山《ろざん》（江西省の北部）の東林寺の前にある谷川。晋の高僧慧遠《えおん》がこの寺に住み、来客があっても決して虎渓を越えては見送らなかった。ところが、ある日、陶淵明と陸静修のふたりが来た時、慧遠は話に夢中になり、覚えず一緒に虎渓を渡ってしまい、三人で大笑いをしたという故事があります。「虎渓三笑」は、話に夢中になって、他の一切を忘れてしまうという故事です。「間月」は、しずかな夜の月。「引相過」は、月光に引かれて谷川を越えてきたということ。「帯雪松枝」の「雪」は、実際の雪とも解せますが、薜蘿が月の光を浴びて、雪を帯びたように見えたのかも知れません。「薜蘿」は、「まさきのかずら」。「ていかかずら」ともいいます。

承句では、月下の谷川の物静かで奥深いさまを絵画のように細かに描いています。

無レ限青山行欲レ尽　**限《かぎ》り無《な》き青山《せいざん》行《ゆ》くゆく尽《つ》きんとして**
白雲深処老僧多　**白雲《はくうん》深《ふか》き処《ところ》老僧《ろうそう》多《おお》し**

廬山は、仏教の霊跡で、無数の峰が聳え立つ大連です。転句は、その様子を平易な語を用いてよく表現しています。

「限り無き青山行くゆく尽きんとして　白雲深き処老僧多し」の「青山」と「白雲」とは、山嶽仏教の清浄観を象徴する語です。名山名刹の詩題に合致した清らかな情景を印象的に詠んでいます。

江楼書レ感

独上二江楼一思渺然
月光如レ水水連レ天
同来翫レ月人何処
風景依稀似二去年一

江楼《こうろう》にて感《かん》を書《しょ》す　趙《ちょう》　蝦《か》▽

独《ひと》り江楼《こうろう》に上《のぼ》り　思《おも》ひ　渺然《びょうぜん》たり
月光《げっこう》は　水《みず》の如《ごと》く　水《みず》は天《てん》に連《つら》なる
同《とも》に来《きた》つて　月《つき》を翫《はや》せし人《ひと》は　何《いず》れの処《ところ》ぞ
風景《ふうけい》　依稀《いき》として　去年《きょねん》に似《に》たり

【口語訳】

ひとり江辺《かわべ》の高楼に登れば、思いははてしなくひろがる。月の光は水のようにしずかに澄みわたり、江の水のはては大空に連なる。

ともにここで月を愛《め》でた人は、今はいったいどこに行ってしまったのだろう。

この高楼からの景色は、さながら去年のままだというのに。

▽趙 嘏（ちょう・か）〈八四〇頃在世〉

この詩は有名であるが、作者については不詳。

「江楼にて感を書す」は、「江のほとりの高楼で、感慨を書きしるす」という意味です。

独上㆓江楼㆒思渺然　独《ひと》り江楼《こうろう》に上《のぼ》り　思《おも》ひ渺然《びょうぜん》たり
月光如㆑水水連㆑天　月光《げっこう》は　水《みず》の如《ごと》く　水《みず》は天《てん》に連《つら》なる
同来翫㆑月人何処　同《とも》に来《きた》つて　月《つき》を翫《はや》せし人《ひと》は　何《いず》れの処《ところ》ぞ
風景依稀似㆓去年㆒　風景《ふうけい》　依稀《いき》として　去年《きょねん》に似《に》たり

「江楼」は、江のほとりの楼閣。「楼」は、三層の建物。「渺然」は、はてしもないさま。「月光は水の如く　水は天に連なる」は、高楼からの景色を描くともに、起句の「思ひ渺然」を、視覚化させてもいるのです。

「同来」は、ふたりでこの高楼に来た、という意味で、起句の「独上」と対比しています。「翫月」は、月を愛でること。すなわち、かつてはふたりでこの高楼に上ってともに月を愛でたけれども、今は独りで高楼に上って月を見ながら、思いははてしない、というのです。「人何処」の人は、親友ともとれますが、恋人であったかも知れません。作者が浙西（潤州）にいたころ、ひとりの美姫を溺愛していたのですが、科挙（官僚になるための国家試験）のため都に行っている間に人に奪われ、後に再会できたけれど、その直後、彼女は急死したという逸話があります（『唐才子伝』）。「風景」は、景色。「依稀」は、よく似ているさま。月下の風景はもとのままなのに、独りとなった我が思いは変わってしまった、という意味です。結句「風景依稀として去年に似たり」は、作者の万感の思いがこもる絶唱です。

夜雨寄レ北

夜雨《やう》　北《きた》に寄《よ》す

李《り》商隠《しょういん》

君問二帰期一未レ有レ期

巴山夜雨漲二秋池一

君《きみ》　帰期《きき》を問《と》ふも　未《いま》だ期《き》有《あ》らず

巴山《はざん》の夜雨《やう》　秋池《しゅうち》に漲《みなぎ》る

何当下共翦二西牕燭一
却話中巴山夜雨時上

何《いつ》か当《まさ》に共《とも》に西牕《せいそう》の燭《しょく》を翦《き》りて
却《かえ》って巴山《はざん》の夜雨《やう》の時《とき》を話《かた》るべき

【口語訳】

妻よそなたは、私がいつごろ帰るのかと尋ねてくるが、まだその時期は決まっていないのだよ。

私は今、この南の巴山のもとで、秋の夜の雨が池に漲《みなぎ》るのを聞いている。

いつの日か、きっとそなたの部屋で一緒に夜更かしをしながら、今の悲しさとは逆に、なつかしい思い出として、この巴山の夜雨の時のことを語りたいものだなあ。

話題の「夜雨《やう》　北《きた》に寄《よ》す」は、作者が、蜀（四川省）に滞在していた頃、長安の妻におくった詩で、「寄内（内に寄す）」と題している別本もあります。「内」とは、妻をさします。

君問二帰期一未レ有レ期　**君《きみ》　帰期《きき》を問《と》ふも　未《いま》だ期有《きあ》らず**

巴山夜雨漲二秋池一　**巴山《はざん》の夜雨《やう》　秋池《しゅうち》に漲《みなぎ》る**

「帰期」は、帰郷の期日という意味です。「期」は、定まった日にち。「巴山」は、四川省通江県あたりにある山脈の名。「漲る」は、いっぱいになる。いつ帰郷出来るか分からない寂しさ旅先のわびしさを、そぼ降る夜の雨に寒々しく秋の池の水はあふれんばかりだ、と、秋の夜雨の山水に托《たく》して詠んでいるのです。

何当下共翦二西牕燭一　**何《いつ》か当《まさ》に共《とも》に西牕《せいそう》の燭《しょく》を翦《き》りて**

却話中巴山夜雨時上　**却《かえ》つて巴山《はざん》の夜雨《やう》の時《とき》を話《かた》るべき**

「何」は、ここは「いつ」の意味です。「当」は、「まさに……べし」

と読み、きっと……にちがいないの意味です。「西牕」は、西向きの格子窓の意味で、妻の部屋を言います。「翦燭」は、ろうそくの心《しん》または、油皿の灯心を切って、明るくすること。「却」は、「かえって」と読み、「逆に」の意味。

いつかはまだ分からないけれど、必ず帰って、お前と一緒に夜通し語り明かして、この今のつらい「巴山の夜雨」のことを、なつかしく思い出すことであろう、と結びます。起句・承句で、悲哀を詠み、転句・結句で、その悲哀のはずの「巴山の夜雨」が、なつかしさに転換するところが、この詩の味わい深いところです。

▽李　商隠（り・しょういん）〈八一三?—八五八年〉
字は義山。号は玉谿生《ぎょくけいせい》また獺祭魚《だっさいぎょ》。晩唐の官僚で、時代を代表する漢詩人。官僚としては不遇だったが、その唯美的な詩風は高く評価され、多くの追随者が出て、次の北宋初期に一大流行した、西崑体《せいこんたい》の祖となった。

【付録】

漢詩の歴史

本書は、「絶句」のみを対象にしていますが、ここで漢詩全体を概説します。

日本では、中国の古典（周代から清朝）の詩のことを、「漢詩」と称したり「唐詩」と称したりして、古くから親しんできました。それは、漢民族の詩であり、また最初にして最も栄えた王朝が漢王朝だったことにちなんで「漢詩」と称し、また詩は唐代に最も栄えたので「唐詩」とも称するのです。

☆　漢詩を訓読すれば日本の詩です（詩情が湧くように訓読）。
☆　古典（古文・漢文）は朗読すると味わいが深まります。

☆　古典（古文・漢文）は斉読《せいどく》（みんなで声を合わせて読むこと）ができます。

現存する中国の最古の詩集は『詩経』（古くは単に『詩』と称しました）は、今からおよそ三千年前、すなわち紀元前十二世紀から紀元前六世紀にかけて、主として黄河流域地方で歌われた歌謡を集めたものです。孔子（紀元前五五一—紀元前四七九）が編纂したかどうかは分かりませんが、孔子の時代にはほぼ今のかたちの三百首のテキストになっていました。

『詩経』の詩は、風《ふう》・雅《が》・頌《しょう》の三つに分類されています。

「風」は、民間歌謡。

「雅」は、宮廷歌。宮中の音楽、軍歌、農事の祭りの歌。

「頌」は、宗廟祭祀歌。先祖を讃える歌。

詩型は、主に、一句四言・四句仕立ての三章からなる「四言詩」が多い。

『詩経』「国風」から【二例】

関《かん》　雎《しょ》

関関雎鳩　関関《かんかん》たる雎鳩《しょきゅう》は　河の中洲でみさごの鳥が、
在㆓河之洲㆒　河《かわ》の洲《す》に在《あ》り　仲むつまじく鳴いている。
窈窕淑女　窈窕《ようちょう》たる淑女《しゅくじょ》は　しとやかなよきむすめは、
君子好逑　君子《くんし》の好逑《こうきゅう》　よき男のよき連れ合い。

○関関＝鳴き声。○雎鳩＝みさご・魚鷹。○河＝黄河またその支流。○窈窕＝しとやかなさま。○淑女＝よき娘。○君子＝よき若者。○好逑＝つれあい・配偶者。

参差荇菜　参差《しんし》たる荇菜《こうさい》は　長短不揃いの美しいあさざを、
左右流㆑之　左右《さゆう》に之《これ》を流《もと》む　あちらこちらと流れに従って探し求める。
窈窕淑女　窈窕《ようちょう》たる淑女《しゅくじょ》は　しとやかなよきむすめを、
寤寐求㆑之　寤寐《ごび》に之《これ》を求《もと》む　寝ても覚めても探し求める。

○参差＝長短不揃いのさま。○荇菜＝あさざ・蓴菜。○流＝流れに従って探し求める。○寤寐＝寝ても覚めても。いつも。一日中。

求レ之不レ得　之《これ》を求《もと》めて得《え》ざれば　探し求めて得られなければ、
寤寐思服　寤寐《ごび》に思服《しふく》す　寝ても覚めても想い慕いつづける。
悠哉悠哉　悠《ゆう》なるかな悠《ゆう》なるかな　いつまでもいつまでも想い続けて、
輾転反側　輾転反側《てんてんはんそく》す　（恋しくて）何度も寝返りを打つ。

○思服＝想い慕う。○悠＝いつまでも恋い慕う。○輾転反則＝恋しくて何度も寝返りをうつ。

参差荇菜　参差《しんし》たる荇菜《こうさい》は　長短不揃いの美しいあさざを、
左右采レ之　左右《さゆう》に之《これ》を采《と》る　あちらこちらと流れに従って摘む。
窈窕淑女　窈窕《ようちょう》たる淑女《しゅくじょ》は　しとやかなよきむすめは、
琴瑟友レ之　琴瑟《きんしつ》もて之《これ》を友《とも》とす　琴や瑟で（室内楽）親しむ。

○琴瑟（室内楽）を奏でて親しくもてなす。○琴＝五弦または七弦。○瑟＝二十五弦。「琴瑟相和　琴瑟相和す」

参差荇菜
左右芼レ之
窈窕淑女
鐘鼓楽レ之

○芼＝選び分ける。または茹でる。

参差《しんし》たる荇菜《こうさい》は
左右《さゆう》に之《これ》を芼《えら》ぶ
窈窕《ようちょう》たる淑女《しゅくじょ》は
鐘鼓《しょうこ》もて之《これ》を楽《たの》しましむ

長短不揃いの美しいあさざを、
あちらこちらと選び分ける（一説に、茹でる）
しとやかなよきむすめは、
鐘や太鼓（大合奏）で大いに楽します。

桃　夭

畳詠体（四言四句・三首）

桃之夭夭
灼灼其華
之子于帰
宜二其室家一

桃《もも》の夭夭《ようよう》たる
灼灼《しゃくしゃく》たり　其《そ》の華《はな》
之《こ》の子《こ》　于《ここ》に帰《とつ》ぐ
其《そ》の室家《しつか》に宜《よろ》しからん

若々しい桃の木よ。
あかあかと燃えるように赤く美しい花よ。
（その花のように美しい）娘御《むすめご》がお嫁にゆく。
きっとそのお家の人たちとうまく暮らせてゆけるだろう。

桃之夭夭
有㆓蕡其実㆒
之子于帰
宜㆓其家室㆒

桃《もも》の夭夭《ようよう》たる
蕡《ふん》たる其《そ》の実《み》有《あ》り
之《こ》の子于《こここ》に帰《とつ》ぐ
其《そ》の家室《かしつ》に宜《よろ》しからん

若々しい桃の木よ。
むっちり実った美味しそうな実よ。
(そのように健やかな)娘御《むすめご》がお嫁にゆく。
きっとそのお家の人たちとうまく暮らせて
ゆけるだろう。

桃之夭夭
其葉蓁蓁
之子于帰
宜㆓其家人㆒

桃《もも》の夭夭《ようよう》たる
其《そ》の葉《は》　蓁蓁《しんしん》たり
之《こ》の子于《こここ》に帰《とつ》ぐ
其《そ》の家人《かじん》に宜《よろ》しからん

若々しい桃の木よ。
よく繁った桃の葉っぱよ。
(そのように元気な)娘御《むすめご》がお嫁にゆく。
きっとそのお家の人たちとうまく暮らせて
ゆけるだろう。

紀元前六世紀以降、黄河流域には、特に「詩」として伝えられるものはありません。ところが、紀元前三世紀初めになって、南方の長江流域の楚の国に、『詩経』とは、詩風も詩型もまったく異なった、幻想的かつ浪漫的な韻文が現れました。これを楚国特有の歌謡という意味で、『楚辞《そじ》』と言います。『楚辞』は、もとは神々を祀る歌でしたが、屈原《くつげん》（前三四三頃―前二七七頃）と屈原を崇敬する詩人たち（宋玉・景差など）によって優れた楚辞文学がうまれました。屈原の代表作は、長編の自伝的抒情詩「離騒（憂いに遭う意）」です。

『楚辞』から【一例】

九弁　宋玉

悲哉、秋之為レ気也。
蕭瑟兮草木揺落而変衰。
憭慄兮若在二遠行一、登レ山臨レ水兮、送上将レ帰。
（下略）

悲しいかな、秋の気《き》たるや。

蕭瑟《しょうしつ》として草木揺落《そうもくようらく》して、変衰《へんすい》す。

憭慄《りょうりつ》として、遠行《えんこう》に在《あ》り、山《やま》に登《のぼ》り水《みず》に臨《のぞ》んで、将《まさ》に帰《かえ》らんとするを送《おく》るがごとし。

……下略……


悲しいものだなあ、秋風は。

しゅうしゅうと吹き草や木をばさばさ揺らして、草や木の葉は枯れてしまう。

それはちょうど、遠い旅先にいて、山に登りまた河に臨んで、旅立つ人を見送る時のような寂しさなのである。（下略）

紀元前二世紀、漢王朝になると、民衆の生活に根ざした歌謡「楽府（がふ）」が盛んになります。「楽府」は、漢の武帝の時、音楽の役所で、民間の歌謡を集めて編曲したりしたもので、楽曲をともなうものでした。例、一二一頁、李延年の「歌」参照。

二世紀以後、後漢末頃になると、黄河流域では、「五言詩」が作られるようになりました。その当時の作品が、現在十九首ほど残っています。それは、梁の昭明太子〈蕭統

（しょうとう・五〇一―五三一）が編纂した『文選（もんぜん）』に「古詩十九首」として載っているのです。作者も制作年も不明ですが、五言の詩として最古であり、内容が優れているところから、後世、「詩母」と尊称されています。

古詩十九首から【二例】

行行重行行　（其の一）

行行重行行　行き行きて　重《かさ》ねて　行き行く
与レ君生別離　君と生きながら別離《べつり》す
相去万余里　相去《あいさ》ること　万余里《ばんより》
各在二天一涯一　各《おの》おの　天の一涯に在り
道路阻且長　道路《どうろ》　阻《けわ》しく　且つ長し
会面安可レ知　会面《かいめん》　安《いず》くんぞ知るべけん
胡馬依二北風一　胡馬《こば》は　北風《ほくふう》に依《よ》り
越鳥巣二南枝一　越鳥《えっちょう》は　南枝《なんし》に巣《す》くふ
相去日已遠　相去ること　日《ひ》びに已《すで》に遠く

衣帯日已緩
浮雲蔽㆓白日㆒
遊子不㆓顧返㆒
思㆑君令㆓人老㆒
歳月忽已晩
棄捐勿㆓復道㆒
努力加㆓餐飯㆒

衣帯《いたい》　日びに已《すで》に緩《ゆる》し
浮雲《ふうん》　白日《はくじつ》を蔽《おお》ひ
遊子《ゆうし》　顧返《こへん》せず
君を思へば　人をして老《お》いしむ
歳月《さいげつ》　忽《たちま》ち已《すで》に晩《く》れぬ
棄捐《きえん》せらるるも　復《ま》た道《い》ふなし
努力《どりょく》して　餐飯《さんぱん》を加《くわ》へよ

あなたは歩きつづけ、さらに歩きつづけて、
わたしたちは生き別れになってしまった。
ふたりの間は万里も隔たって、互いに遠く離れ離れになってしまった。
しかもふたりを隔てる道は険しくかつ遠いので、
再会できるかどうかまったく分からない。
北国の胡の馬は、北風に身をすり寄せ、
南国の越の鳥は、南側の枝に巣を作るという。

（鳥や獣でさえ故郷を懐かしむ。まして人であるあなたはなおさらであろう）
（こうしている間も）あなたは日増しに遠ざかって行き、
（それとともに）私は（さみしく心配で）日増しに痩せてゆく。
浮き雲が昼間の太陽を蔽《おお》い隠し、
旅人であるあなたは振り向いてもくれない消息がわからない意）。
あなたのことが心配で私は老けこんでゆき。
歳月はたちまちのうちに暮れてゆく。
たとえあなたに見捨てられたとしても、もう二度と愚痴は言うまい。
せめてどうかつとめて食事をしっかり取って無事でいてください。

迢迢牽牛星　（其の十）

迢迢牽牛星　　迢迢《ちょうちょう》たる　牽牛星《けんぎゅうせい》
皎皎河漢女　　皎皎《きょうきょう》たる　河漢《かかん》の女《じょ》
纖纖擢二素手一　　纖纖《せんせん》として　素手《そしゅ》を擢《あ》げ
札札弄二機杼一　　札札《さつさつ》として　機杼《きちょ》を弄《ろう》す

終日不レ成レ章
泣涕零如レ雨
河漢清且浅
相去復幾許
盈盈一水間
脈脈不レ得レ語

終日《しゅうじつ》　章《あや》を成《な》さず
泣涕《きゅうてい》　零《お》つること雨の如し
河漢《かかん》　清く且《か》つ浅し
相去ること　復《ま》た　幾許《いくばく》ぞ
盈盈《えいえい》たる　一水《いっすい》の間《かん》
脈脈《みゃくみゃく》として　語《かた》るを得《え》ず

遥か遠くにかがやく牽牛星、白く明るい織女星。
細くしなやかな手あげて、サッサッと機を織る。
一日中織っても模様はできず、雨のように涙がこぼれおちる。
天の川は清く澄んでいてしかも浅い、ふたりの間はいくらも離れてはいない。
満々たる水の流れに隔てられて、ただ見つめ合うだけでことばも交わせない。

○迢迢＝はるか遠いさま。○牽牛星＝彦星・わし座のアルタイル。○皎皎＝白いさま。○河漢女＝織女星。琴座のベガ。白鳥座の西にある。晩夏の夕刻に天頂にくる。○河漢＝天の川のこと。○纖纖＝ほそくしなやかなさま。○素手＝白い手。○札札＝機織りの音。○弄＝あやつる。○機杼＝縦糸に横糸を通す道具。杼は梭《ひ》。○盈盈＝水が澄んで満ち満ちていること。○脈脈＝黙ってじっと見つめ合うさま。

これ以後、詩は、後漢・魏晋南北朝、隋王朝にかけて、五言の詩を中心に盛んに創作されていきます。あわせて「七言」の詩も興りました。

さて、南朝・梁の詩人・音韻学者の沈約《しんやく》（四四一―五一三）らは、中国語の音に、決まった声調（四声）があることに気づき、この四声を平仄の二種に簡素化して、平仄の配置を定めた「近体詩」が確立しました。これ以後、中国の詩は平仄の配置にこだわらない「古体詩（古詩）」と、平仄の配置を定めた「近体詩」との二つが平行することになりました。

唐代以降は、「古体詩」（古詩・楽府）と、「近体詩」（絶句・律詩・排律）のすべてが揃い、宋・元・明・清各王朝、そして・近現代へとそれぞれに特長のある詩風をもって連綿と続いています。

○以下、漢詩の絶句他の一覧を参考までに表にしました。

詩の種類

（古体詩）　＊偶数句の末尾が「押韻」。漢詩の詩体の一つで近体詩に対立する。

古詩（句数は自由。唐代に完成した絶句・律詩などの近体詩に対し、それ以前の、韻を踏むだけで平仄《ひょうそく》や句数などに制限のない詩）

四言古詩（漢詩体の一つ。一句が四言からなる古体詩）

五言古詩（漢詩体の一つ。**一句が五言からなる古体詩。**韻は押すが平仄や句数には制限がない）

七言古詩

楽府《がふ》（句の字数も句数も自由）

＊「楽府」はまた「雑言詩《ぞうごんし》」・長短句詩・楽府題詩《がふだいし》ともいう。

その他

「六言詩」「柏梁体《はくりょうたい》」「聯句《れんく》」など。

（近体詩）　＊「押韻」のほかに、「平仄」のきまりがあります。

絶句（四句構成）

五言絶句（「起・承・転・結」二句・四句の末尾で押韻）

七言絶句（一句・二句・四句の末尾で押韻）

律詩（八句構成）

五言律詩　（二句ずつ「首聯《しゅれん》・頷聯《がんれん》・頸聯《けいれん》・尾聯《びれん》」。または「起聯・前聯・後聯・結聯」ともいう。頷聯と頸聯とは、それぞれ対句表現）

七言律詩

排律（全句対《つい》　句数は自由）

五言排律（漢詩体の一つ。一句が五言からなる排律）

七言排律（漢詩体の一つ。一句が七言からなる排律）

唐代略年表

＊太ゴシック体は、本書でとりあげた作者です。
＊▽は、中国の事跡です。△は、日本の事跡です。

大分類	皇帝	元号	西暦	事項
初唐	高祖	武徳一	六一八	隋《ずい》滅び、李淵《りえん》（高祖）皇帝を称し、国を唐と号し、長安を都とする。
	太宗	貞観一	六二七	李世民《りせいみん》（太宗）即位、年号を貞観《じょうがん》と改む。「貞観の治」
		三	六二九	僧玄奘《げんじょう》（六〇二―六六四）、経典を求めてインドに旅立つ。（「大唐西域記」）
		一二	六三八	書家虞世南《ぐせいなん》（五五八―）歿。
		一七	六四三	魏徴《ぎちょう》（五八〇―）歿。
		一九	六四五	△大化の改新。
	高宗	顕慶三	六五八	褚遂良《ちょすいりょう》（五九六―）歿。▽六六三　百済《くだら》滅亡。
		上元一	六七六	**王勃**《おうぼつ》（六五〇？―）歿。（「滕王閣序《とうおうかくじょ》」）△このころ人麻呂《ひとまろ》、赤人ら万葉歌人活躍。
		儀鳳三	六七八	劉廷芝《りゅうていし》（六五一―）このころ歿。（「代下悲二白頭一翁上」）
		永隆一	六八〇	このころ盧照鄰《ろしょうりん》歿。（「長安古意」）

時代	皇帝	年号	西暦	事項
初唐	中宗	嗣聖一	六八四	則天武后が政権を握る。**駱賓王**《らくひんのう》（六四〇?―）このころ歿。（「帝京篇《ていきょうへん》」）
		七	六九〇	則天武后みずから帝位につき、国を周と号し、天授と改元。
		九	六九二	楊炯《ようけい》このころ歿。（「従軍行」）
		一五	六九八	陳子昂《ちんすごう》（六五六―）殺さる。（「不遇」）△七〇一 大宝律令成る。
		神龍一	七〇五	張柬之《ちょうかんし》兵をあげ、武后を退け、中宗帝位に復す。
		景龍二	七〇八	杜審言《としんげん》歿。（「早春遊望」）△七一〇 奈良に遷都。
	睿宗	景雲二	七一一	張若虚このころ歿。（「春江花月夜」）△七一二 太安万侶《おおのやすまろ》、「古事記」を奏呈。
盛唐	玄宗	開元一	七一三	玄宗即位、年号を開元と改む。このころ宋之門《そうしもん》（「至二端州駅一」）、沈佺期《しんせんき》（「古意」）歿。△七一七 阿倍仲麻呂《あべのなかまろ》ら唐に留学。
		八	七二〇	△七二〇 舎人《とねり》親王・太安万侶《おおのやすまろ》「日本書紀」
		一五	七二七	**蘇頲**《そてい》（六七〇―）歿。

盛唐		一八	七三〇	**張説**《ちょうえつ》（六六七—）歿。
盛唐		二八	七四〇	**張九齢**（六七三—）、**孟浩然**《もうこうねん》（六八九—）歿。このころ文人張文成歿。（「遊仙窟《ゆうせんくつ》」）▽**盧僎**このころ在世。
盛唐		天宝一	七四二	老子を尊んで玄元皇帝とよぶ。**王翰**《おうかん》、**王之渙**《おうしかん》このころ在世。
盛唐		三	七四四	**賀知章**（六五九—）歿。
盛唐		四	七四五	楊太真《ようたいしん》、貴妃となる。△七五一「懐風藻《かいふうそう》」成る。
盛唐		一三	七五四	崔顥《さいこう》歿。（「黄鶴楼」）△唐僧鑑真《がんじん》（六八八—七六三）来朝、律宗を開く。
盛唐		一四	七五五	安禄山《あんろくざん》反乱を起こす。**王昌齢**《おうしょうれい》（六九〇？—）殺さる。
盛唐	粛宗	至徳一	七五六	玄宗、蜀《しょく》に亡命。楊貴妃《ようきひ》、馬嵬《ばかい》駅で殺さる。
盛唐	粛宗	乾元二	七六一	**王維**《おうい》（六九九—）歿。詩人にして南画の祖。
盛唐	粛宗	宝応一	七六二	**李白**《りはく》（七〇一—）歿。詩仙《しせん》。**釈霊一**（七二七—）歿。
盛唐	代宗	永泰一	七六五	高適《こうせき》歿。
盛唐	代宗	大暦五	七七〇	**杜甫**《とほ》（七一二—）歿。詩聖と称される。岑参《しんじん》（七一五？—）このころ歿。

時代	皇帝	年号	西暦	事項
中唐		一四	七七九	**張継**《ちょうけい》このころ歿。
	徳宗	貞元一	七八四	劉長卿《りゅうちょうけい》歿。△七九四 京都に遷都。△八〇四 最澄・空海、唐に留学。
	憲宗	元和七	八一二	△八一二 このころ空海の「文鏡秘府論」成る。
		九	八一四	孟郊《もうこう》（七五一―）歿。△「凌雲集《りょううんしゅう》」
		一四	八一九	柳宗元（七七三―）歿。△八一八「文華秀麗集」成る。
	文宗	長慶四	八二四	韓愈《かんゆ》（七六八―）歿。唐宋《とうそう》八大家のひとり。△八二七「経国集」成る。
		太和五	八三一	**元稹**《げんしん》（七七九―）歿。
晩唐		九	八三五	盧仝《ろどう》歿。このころ**韋応物**《いおうぶつ》（七三七―）・王建歿。
	武宗	会昌二	八四二	劉禹錫《りゅううしゃく》（七七二―）歿。
		六	八四六	**白居易**《はくきょい》（七七二―）歿。
	宣宗	大中六	八五二	杜牧《とぼく》（八〇三―）歿。
		一二	八五八	**李商隠**《りしょういん》（八一三―）歿。
		一四	八六〇	温庭筠《おんていいん》このころ在世。

懿宗	乾符二	八七五	黄巣の乱起こる。
僖宗	光啓三	八八七	高駢《こうべん》歿。△八九四　遣唐使廃止。
昭宗	光化三	九〇〇	△このころ「竹取物語」「伊勢物語」成る。

あとがき

本書に載せた絶句は、わずか五十首ですが、いずれも珠玉の作品です。

絶句は、ちょっと見には、読みやすそうなのですが、極度に省略の効いた表現が多くて、想像力を逞《たくま》しくして、熟読玩味しなくてはなりません。

それはともかく、本書の中には、かならずやご自身の心に適《かな》った作品がいくつもあったことと思います。それらを折りあるごとに、ぜひくりかえし愛唱して心の友としてくださることをのぞんでいます。

なお、唐詩の本は、『唐詩選』『唐詩三百首』『三体詩』、また『全唐詩』などがあります。

波戸岡　旭

■著者紹介

波戸岡 旭（はとおか　あきら）

昭和20年5月5日、広島県生まれ
國學院大学元教授・文学博士、俳人協会評議員
俳句「天頂」主宰
主要著書に、
『標註　日本漢詩文選』（笠間書院、1980年）
『上代漢詩文と中國文學』（笠間書院、1989年）
『宮廷詩人 菅原道真―『菅家文草』『菅家後集』の世界―』（笠間書院、2005年）
『奈良・平安朝漢詩文と中国文学』（笠間書院、2016年）
などがある。
句集に『父の島』『天頂』『菊慈童』『星朧抄』『湖上賦』『惜秋賦』新装版『父の島』『鶴唳』『醍醐』。エッセイに『自然の中の自分・自分の中の自然―私の俳句実作心得』『猿を聴く人―旅する心・句を詠む心』『遊心・遊目・活語―中国文学から見た俳句論』『江差へ』『島は浜風』『続・島は浜風』等。

楽しみ味わう漢詩の世界50篇

二〇二四年十二月二十日　初版第一刷発行

著者……波戸岡　旭
装幀……池田久直
発行者……相川　晋
発行所……株式会社　花鳥社
https://kachosha.com/
〒一〇一-〇〇五一　東京都千代田区神田神保町一-五八-四〇二
電話〇三-六三〇三-二五〇五
ファクス〇三-六二六〇-五〇五〇
ISBN978-4-86803-008-9
組版……キャップス
印刷・製本……太平印刷社